Briefe an einen jungen Dichter

젊은 시인에게
보내는 편지

그리고
젊은 시인이
보낸 편지

젊은 시인에게 보내는 편지
그리고 젊은 시인이 보낸 편지

릴케와 카푸스 왕복 서한집

발행일	**창립일**
2026년 3월 30일 초판 1쇄	1945년 12월 1일
지은이	**주소**
라이너 마리아 릴케, 프란츠 크사버 카푸스	서울시 마포구 서교동 469-48
옮긴이	**전화**
최성웅	02-733-8153
펴낸이	**팩스**
정상준	02-732-9154
펴낸곳	**홈페이지**
(주)을유문화사	www.eulyoo.co.kr
	ISBN
	978-89-324-7606-3 03850

젊은 시인에게
보내는 편지

그리고
젊은 시인이
보낸 편지

릴케와 카푸스 왕복 서한집

라이너 마리아 릴케
프란츠 크사버 카푸스 지음
최성웅 옮김

일러두기

- 모든 본문 각주는 한국어판 역자가 작성했다. 해설 각주는 원서에 수록된 것을 옮겼으며, 역자가 작성한 경우 (역자 주)라고 표기했다.
- 본문 속 강조된 부분은 모두 원서 표기를 따랐다.

서문

1902년 늦가을이었습니다. 저는 비너노이슈타트 육군 사관학교[1] 공원에 자리한 밤나무 고목 아래서 책을 읽고 있었습니다. 독서에 심취한 나머지 유일한 민간인 교수님이자 박식하고 친절한 분이신 호라체크 교목校牧[2]님이 다가오는 것조차 눈치채지 못했습니다. 교목님은 제 손에서 책을 받아 들고 찬찬히 표지를 살펴보더니 이내 머리를 갸우뚱거리셨습니다. "라이너 마리아 릴케의 시집이라니?" 무언가 생각에 잠긴 듯한 물음이었습니다. 그분은 이곳저곳을 넘기며 시 몇 편을 훑어보셨고, 곰곰히 먼 곳을 바라보시더니 끝내 고개를 끄덕이셨습니다. "그렇군, 생도 르네 릴케가 시인이 되었어."

그리하여 저는 호리호리하고 낯빛이 핼쑥한 소년의 이야기를 듣게 되었습니다. 15년도 더 전에, 양친 손에 이끌려 장크트푈텐 육군 실과중학교에 입학한 소년은 훗날 장교가 될 예정이었습니다. 당시 부임 신부로 봉직하셨던 호라체크 교목님

---

[1] 1751년 황후 마리아 테레지아가 창설한 학교로, 오스트리아-헝가리 제국군의 사관 양성 기관이었다.

[2] 프란츠 호라체크(1851~1909)는 가톨릭 신부로, 1881년부터 장크트푈텐 육군 실과중학교에서, 1901년부터는 비너노이슈타트 테레지아 육군 사관학교에서 종교학을 가르쳤다.

은 세월이 지났음에도 그 옛 생도를 똑똑히 기억해 내셨습니
다. 그분의 설명에 의하면 그 젊은이는 조용하고 진지했으며,
능력이 있었고, 혼자 있기를 좋아했으며, 기숙사의 제약 많은
생활도 끈기 있게 참아냈습니다. 그렇게 4학년을 다 마친 그는
다른 생도들과 함께 매리슈-바이스키르헨[3]의 육군 실과고등학
교로 진학했습니다. 그러나 그곳 생활을 버티기에는 소년 같
던 몸이 충분히 다부지지 못했는지, 그는 결국 양친의 권유로
학교를 떠나 고향 프라하에서 공부를 계속하게 되었습니다.
이후 이 소년에게 어떤 인생 경로가 펼쳐졌는지, 호라체크 교
목님은 더는 전해 듣지 못했다고 합니다.

사정이 이러한 만큼, 제가 곧바로 라이너 마리아 릴케 선
생께 습작 시를 보내 평을 받기로 결심했던 게 이해 못 할 일
은 아닐 것입니다. 아직 약관도 못 되었던 저는 막 직업의 문턱
을 넘으려는 참이었고, 그런 와중에 그 직업이 제 성향과는 맞
지 않는다 생각하고 있었습니다. 그래서 저는 제가 누군가에
게 이해받기를 바랐고, 특히 그 상대가 『나의 축제를 위하여』
라는 책을 낸 시인이었으면 좋겠다고 생각했습니다. 결국 저
는 그에게 보낸 편지에 제 습작시까지 동봉하게 되었는데, 이
는 원래 의도를 넘어선 것이었습니다. 이처럼 그 편지에서 저

---

3   현 체코 공화국의 흐라니체. 1918년까지는 오스트리아-
     헝가리의 일부였으며 체코슬로바키아 사회주의공화국
     시대까지 대규모 군사학교를 운영했다.

는 수취인에게 솔직한 제 자신을 드러냈습니다. 그 이전과 이후를 통틀어, 저를 그만큼 솔직하게 드러낸 적은 한 번도 없었습니다.

여러 주가 지난 뒤, 마침내 답장이 왔습니다. 푸른 봉랍으로 밀봉한 편지에는 파리 우체국 소인이 찍혀 있었는데, 어쩐지 묵직한 느낌을 주었습니다. 겉봉에 적힌 뚜렷하고 아름답고 믿음직한 필체는 이후 편지의 첫 줄부터 마지막까지 이어졌습니다.[4] 그렇게 시작된 라이너 마리아 릴케 선생과의 정기 서신 교환은 1908년까지 지속되다 점차 소원해졌습니다. 그 무렵 저는 저 스스로의 삶을 영위하려 했고, 그렇게 시인께서 온후하고 상냥한 마음 씀씀이로 지켜 주던 곳을 떠나 다른 영역으로 섭어들있던 것입니다.

그러나 이런 사정 같은 건 아무래도 좋겠습니다. 중요한 것은 오직 여기 소개될 열 통의 편지입니다. 이 편지들은 라이너 마리아 릴케가 살고 창조한 세계를 이해하기 위한, 또 한편으로는 오늘과 내일에 자라고 새롭게 변모할 수많은 이들을 위한 소중한 자료입니다. 그러니, 다시 올 수 없는 위대한 분의 말씀 앞에서, 저와 같은 하잘것없는 범인은 입을 다물어 마땅

4　훗날 카푸스는 다른 글에서 사관후보생 시절 점호 시간
　　일화를 소개하며 이 편지를 수령한 순간을 다시금 설명한다.

하겠습니다.

프란츠 크사버 카푸스

1929년 6월, 베를린

1

프란츠 크사버 카푸스가 라이너 마리아 릴케에게

1902년 늦봄, 비너 노이슈타트

분실

라이너 마리아 릴케가 프란츠 크사버 카푸스에게

1903년 2월 17일, 파리

존경해 마지않는 이여,

편지는 제게 며칠 전에야 당도했습니다. 보내 주신 다정하고도 크나큰 신뢰에 감사드립니다. 그 외에 제가 할 수 있는 일은 그다지 많지 않을 듯합니다. 보내 주신 시를 두고 왈가왈부할 수는 없겠는데, 왜냐하면 저는 그 대상이 무엇이건 간에 비판적 견해와 거리를 두고 있기 때문입니다. 예술 작품을 대하는 데 있어 비판하는 말만큼 부적절한 것은 존재하지 않습니다. 거의 늘, 비판이 도출하는 것이라곤 다소 자기중심적인 오해들 뿐입니다. 사물은 파악하거나 형언할 것이 아닙니다. 우리가 그와 다른 믿음을 아무리 종용받더라도 그 사실 자체는 변하지 않습니다. 본래 사건이란 형언할 수 없는, 어떠한 단어도 비집고 들어설 수 없는 영역에서 벌어지는 것이며, 그중에서도 예술 작품은 가장 형언할 수 없는 불가사의로, 그것의 생명은 명멸하는 우리네 생명 곁에서 영속합니다.

이와 같은 전제를 두고 말씀드리자면, 당신의 시구는 아직 독자적 양식을 갖추지는 못했으나, 자신만의 개성을 향해 고요하고도 은밀한 전조를 내보이고 있습니다. 특히 마지막 「나의 영혼」이란 시에서 그 점이 가장 뚜렷이 느껴집니다. 거기에서는 무언가 독자적인 것이 말과 선율을 이루려 합니다. 그리고 「레오파르디에게」라는 아름다운 시에서는, 모르긴 해도 위대하고도 고독한 시인과의 친연성 같은 게 자라나 있는 듯합니다. 하지만 이 시들 자체는 아무것도 아닌 작품들로, 마지막 시와 헌시를 포함해 그 어떤 것도 전혀 자립하지 못하고 있습니다. 동봉해 주신 친절한 편지 덕에, 시를 읽으며 느꼈던 몇몇 석연치 않은 부분들, 그러나 무어라 명명할 수는 없었던 부분들을 이해할 수 있었습니다.

당신은 당신의 시가 좋으냐고 물으십니다. 이를 지금 제게 묻고 계시며, 앞서서는 다른 이들에게 물으셨지요. 잡지사에 투고도 하십니다. 다른 이들의 시와 비교해 보기도 하고요. 몇몇 편집부가 부고한 습작을 거절하면 불안해하시지요. 이제 (제게 조언을 허락해 주셨기에) 요청 드리는 바이니, 이 모든 작태는 그만 두시기 바랍니다. 당신은 바깥을 바라보고 있는데, 이는 무엇보다도 지금 해서는 안 될 일이겠습니다. 누구도 당신께 조언하거나 도울 수는 없습니다, 누구도요. 단 하나의 방법이 있을 따름입니다. 자기 자신 속으로 들어가십시오. 당신께 쓰기를 종용하는 마음의 기저를 캐 보십시오. 그 기저가 심장 깊숙이 뿌리를 뻗치는지 확인하시고, 글쓰기가 금지당할 경우 죽을 수밖에 없는지 스스로에게 고해 보십시오. 무엇보다도, 당신의 깊은 밤 그 고요한 시간에 자문해 보십시오. 나는 써야만 하는가? 라고 말입니다. 자기 자신에게 파고들어 심오한 답에 이르십시오. 그리하여 '그렇다'라는 답을 얻는다면, 다시 말해 저 진지한 질문에 강직하고도 단순하게 "나는 그래야만 해."라고 답할 수 있다면, 그럴 때엔 그 필연에 따라 당신의 인생을 세우십시오. 그때부터 당신의 인생은 아무래도 좋을 하잘것없는 시간마저 이러한 충동의 증표이자 증거가 되어야만 합니다. 그런 다음 자연에 다가가십시오. 그리고, 최초의 인간처럼, 당신이 무엇을 보고 겪고 사랑하고 잃어버리는지 말해 보십시오. 연애시는 쓰지 마십시오. 우선 너무 흔하고 익숙한 형태들은 피하도록 하십시오. 역량이 무르익어 위대한 수준에 달하지 않고서는, 훌륭하다 못해 찬란한 전통이 내려오는 분야에서 자신만의 독창성을 내보이는 일은 다른 어떤 과업보다도 어려울 것입니다. 그러니 보편적 주제에서 빠져나와 자신만의 일상에서 비롯한 주제를 택하십시오. 당신의 슬픔과 바람을, 스쳐 지나가는 생각을, 아름다움에 대한 믿음을 그려내십시오. 마음에서 우러나오는 고요하고도 겸허한 솔직함을 바탕으로 시상을 그려내고, 자신을 표현할 때는 주변 사물을, 꿈의 영상을, 추억의 대상물을 활용하십시오. 일상이 빈곤해 보인다면, 그 일상이 아닌 자신을 탓하십시오. 자신이 시인으로서 충분치 못해 일상의 풍요로움을 불러내지 못하는 거라 되뇌이십시오. 창조하는 자에게 가난이란 없으며, 아무 의미 없는 빈곤한 장소 같은 건 존재치 않습니다. 설사 감옥 벽에 가로막혀 세상의 어떠한 소란도 들리지 않는다 한들, 여전히 당신에게는 유년이라는 값지고도 장엄한 풍요로움이, 그 추억의 보고가 있지 않겠습니까? 그곳으로 주의를 돌리십시오. 광막한 과거에 파묻힌 감정을 끌어 올리십시오. 그때 당신의 개성은 굳건해질 것입니다. 광활해진 고독은 당신을 위해 어스름이 감도는 방이 되어 주고, 다른 사람들이 내는 시끄러운 소음은 멀어져만 갈 것입니다. 그리고 이렇게 내면을 향하는 침잠 즉 독자적 세계를 향한 침잠으로부터 시가 나올 경우, 당신은 다른 누군가에게 그 시가 좋으냐고 물어볼 생각은 하지 않게 될 터입니다. 또한 잡지사의 관심을 끌어 보려는 생각도 사라질 테지요. 당연한 귀결입니다. 그때 당신은 작품 속 자신이 자랑스럽고도 자연스럽게 지니고 있는 재화를, 당신 생명의 일부이자 목소리인 그것을 발견했을 테니까요. 이러한 필연에서 생겨난 예술 작품은 훌륭합니다. 따라서 작품을 판단하는 기준은 단 하나, 그 작품의 원천이 어떠한 것인가, 오직 그뿐입니다. 그 외에는 무엇도 필요치 않습니다. 그러하기에 존경하는 선생께 제가 드릴 조언이라고는 오직 하나뿐입니다. 자기 자신 속으로 들어가 제 생명의 시원이 되는 깊이를 탐구하시기 바랍니다. 그렇게 근원에 다가간다면, 당신은 창작을 해야만 하는가라는 질문에 대한 답을 찾을 겁니다. 해석하려 들지 말고 그 울림 자체를 받아들이십시오. 그때 비로소 예술가로서의 소명이 밝혀질지도 모릅니다. 만약 그리 된다면 그 운명을 받아들이십시오. 외부로부터의 보상 따위는 묻지도 말고 위대함을 짊어지십시오. 창조하는 자는 스스로에게 하나의 세계가 되어 주어야 합니다. 그는 모든 것을 자기 자신 속에서, 그리고 자신과 연결된 자연 속에서 찾아내야만 합니다.

하지만 이렇게 당신 속으로, 당신의 고독 속으로 침잠한 뒤에도 시인이 되기를 단념해야 하는 경우가 생길지도 모릅니다. (앞서 말씀드렸듯, 쓰지 않고 살아갈 수 있다고 느끼는 것만으로도 써야 할 의무는 사라지니 말입니다.) 하지만 그리 된다 해도 제가 요청한 내적 성찰이 헛된 수고가 되지는 않을 것입니다. 삶이 그 어떤 상황에 처하더라도, 당신은 스스로를 성찰함으로써 자신만의 길을 발견할 것입니다. 당신의 그 길이 훌륭하고 풍요롭고 또 광활하기를, 저는 말로 못다 할 정도로 바라고 있습니다.

더 드릴 말씀이 있을지요? 당부드릴 만한 부분은 다 말씀 드린 듯싶습니다. 마지막으로 충고드릴 게 있다면, 자기 발전 이라는 조용하고도 진지한 길을 따라 성장해 가시라는 것뿐입니다. 성장에 있어 가장 큰 걸림돌은 바깥을 바라보거나 바깥으로부터 질문의 답을 구하려는 행위인 바, 오직 가장 잔잔한 시간 속에 있는 가장 내밀한 감정만이 답이 되어 줄 터입니다. 편지에서 호라체크 교수님의 존함을 보아 기뻤습니다. 저는 아직 그 친절하신 선생을 향한 존경과 사랑을, 또한 해를 두고도 변치 않는 감사를 간직하고 있습니다. 이런 저의 마음을 전해 주시기 바랍니다. 아직도 저를 기억해 주신다니, 너무도 복되고 값진 일이 아닐 수 없습니다.

　저를 믿고 보내 주신 시들은 동봉하여 돌려보내 드립니다. 저를 믿어 주신 관대한 마음씨에 다시금 감사드립니다. 일면식도 없는 저이건만, 성심껏 대답하여 그 신뢰에 조금이나마 부응하고자 했습니다.

　헌신과 공감을 담아
　라이너 마리아 릴케 드림

프란츠 크사버 카푸스가 라이너 마리아 릴케에게

1903년 2월 24일, 비너노이슈타트

존경해 마지않는 이여!

삼가 말씀드립니다.

친절함과 따뜻함 가득한 선생님의 편지를 읽고 또 다시 읽으며 제가 어떤 감정을 느꼈는지 말하기란 참으로 어렵습니다. 이런 분에 넘치는 환대를 받을 자격이 제게 있는지, 그저 황송할 따름입니다. 그럼에도 선생님의 말씀 하나하나에, 조언 하나하나에 감사를 표하지 않을 수 없습니다. 몇몇 명망 높은 문학가에게 습작시를 보내며 답이 있기를, 조금이나마 솔직한 호의가 담겨 있기를 바라 왔습니다만, 선생님의 따뜻한 글귀를 통해 비로소 가장 아름답고도 친절한 계시를 받을 수 있었습니다!

이 편지가 선생님께 폐를 끼치지는 않을지 걱정이지만, 앞선 편지에 이어 몇 줄 덧붙이고자 합니다. 제 영혼의 내밀한 동요를 단어로 낱낱이 파헤쳐 주신 분을 두고 제가 어찌 마냥 침묵을 지킬 수 있겠습니까. 또한 한창 속이 시끄러운 제 마음을 움직여 기쁨 어린 희망으로 가득 채워 주시고, 그것을 다시금 차분히 가라앉혀 주신 분께 어찌 진심을 토로하지 않을 수 있겠습니까. 이를 헤아려 주신다면 모쪼록 양해해 주시리라 믿습니다.

이제 저는 온전히 저를 한데 그러모으고 영혼의 심연을 바라다보며 자문합니다. 내가 과연 글을 써야만 하는가? 하지만 그러다 보면 제비들마냥 생각이 생각을 좇게 되고, 결국 두려움에 떨게 됩니다. 가끔은, 부르지 않아도 알아서 찾아드는 시간을, 또는 아직 저 멀리 있는 태양을 갈망하는 침묵의 시간을 보내곤 합니다. 그런 밤들을 보내고 나면 지쳐 버리고, 결국 아무런 희망도 없이 생각의 마지막 귀결에 도달합니다. 나는 누구인가? 어디서 왔는가? 어디로 가는가? 그러면 반쯤은 제 바깥에서 생겨난 듯한 말들이 마치 구원의 메시지처럼 떠오릅니다. 이러한 결과가 정녕 필연일런지요?

아아, 저는 선생님께서 과분할 정도로 친절히 내어 주신 말씀을 어머니의 말씀처럼 중히 여기고 존경하며, 그에 따라 저를 다잡고자 합니다. 어떠한 연애시도, 시를 향한 도정에서 마주하게 될 어떠한 관습적 주제도 쓰지 않겠습니다. 하지만 그렇게 한다 해도 최초의 인간처럼 사물을 보는 게 가능할지, 저는 알지 못합니다. 그저 그러지 못할까 봐 두려워할 따름입니다. 왜냐하면 어둠 속에서 보내는 시간만큼이나 두려운 악객惡客이, 광기와 망상 사이를 오가는 의문이 제 영혼에 자리하기 때문입니다. 그것은 바로 아이러니라는 녀석입니다. 그놈은 영혼의 거울 위에 놓인 제 지고지순한 꿈을 무자비하게 쓸어 내리며, 제가 사랑과 아름다움을 향한 믿음 속에서 어렵사리 쟁취한 바를 짓밟아 버립니다. 저는 일상 중에는 그놈의 지배를 받지만, 축성의 시간이 오면 맞서 싸워 승리를 거두기도 합니다. 제 예술 작업은 아이러니로부터 무결합니다. 지난한 일상 또한 결코 제 예술에 흔적을 남기지 못합니다. 순결한 예술, 일상의 먼지로부터 자유로운 예술이야말로 제가 동경해 마지않는 것입니다. 존경하는 선생님, 바로 당신의 말씀이 이러한 별천지를 제게 처음으로 열어 주었습니다. 이것만으로도 이미 당신께 평생 감사를 드려야 하겠습니다. 아울러 저는 하이네[5]와 베데킨트[6]에게도 두말할 것 없이 커다란 매력을 느끼고 있으며, 그들의 예술을 오목거울 삼아 저만의 특색을 찾아보게 됩니다. 그러한 탐색만 가지고도 저만의 특색이 무엇인지 곧바로 확정할 수도 있겠으나, 그래서는 안 되겠지요!

번잡하게 해 드려 송구스럽습니다.

그래도 허락하신다면, 앞으로도 가끔 마음이 시끄러움에 시달릴 때면 약간의 글귀나 시구를 보내 드리면서 맑게 개인 고요의 글 몇 줄 부탁드리고자 합니다. 이번과 마찬가지로, 영혼을 지탱하고 진정시키려는 제 노력에 몇 주 동안 도움을 주셨으면 합니다. 제 이야기를 너무 많이 한 것은 아닌지, 깊이

---

5   하인리히 하이네(1797~1856) : 독일 시인. 릴케는 풍속시
     「다시 한 번 『하이네』」(1894)를 쓴 바 있다.
6   프랑크 베데킨트(1864~1918) : 독일 작가. 릴케가 뮌헨에
     체류하던 시절(1897년)에 만난 적이 있다.

생각하다 되레 길을 잃지는 않았는지 모르겠습니다. 부디 혜량해 주시기 바랍니다.

호라체크 교수님은 선생님께서 제게 보내 주신 친절한 편지를 읽고 기뻐하셨습니다. 교수님은 존귀하신 선생님께서 매리슈-바이스키르헨[7]에 머물 때 보내셨던 편지를 아직 전부 보관하고 계십니다. 또한 교수님께서는 친절하게도 제 부탁에 따라 존경하는 선생님에 대한 기억을 전부 들려주셨습니다. 솔직히 말씀드리면, 존귀하신 당신께서도 한때 제 또래가 느낄 법한 염세적 회의와 불안에 휩싸인 적이 있다는 말을 듣고 약간은 안심했습니다. 어쩌면 저도 언젠가는, 언젠가 한번쯤은, 이 기나긴 사투를 끝낸 뒤 맑은 모습으로 제 예술의 정점에 서게 되고, 그 꼭대기에서 세상과 인간을 바라볼 수도 있겠다는 생각이 들었기 때문입니다.

마지막으로 다시 한번 선생님의 편지에 진심으로 감사드립니다. 보내 주신 편지는 앞으로 몇 번이고 손에 쥐고서, 고요히 기도하듯 읽겠습니다.

존귀하신 선생님께서도 가끔은 저를 기억해 주셨으면 하는 마음으로,

7   릴케는 1890년 9월 1일 매리슈 바이스키루헨 육군
     실과고등학교 입학 시험에 합격했지만, '계속되는 건강
     문제'로 1891년 6월 3일에 자퇴했다.

당신께
영원한 감사를 빚진
프란츠 카푸스 드림

라이너 마리아 릴케가 프란츠 크사버 카푸스에게

1903년 4월 5일, (이탈리아) 피사 근교 비아레조

친애하고 존경하는 당신께서 2월 24일에 편지를 보내 주셨건만 이제야 사의를 표하게 된 점 용서 바랍니다. 저는 계속 몸이 불편한 상태로, 병은 아니었으나 유행성 감기마냥 몸이 나른해 아무 일도 할 수 없었습니다. 증상이 개선될 여지가 보이지 않아, 결국 일전에 크게 효과를 보았던 남쪽 바다[8]를 찾았습니다. 하지만 아직 온전히 건강치는 못해 글을 쓰기가 어려운 바, 마음과 달리 몇 줄 적지 못하는 점 양해 바랍니다.

우선 아셔야 할 것이 있습니다. 제가 매번 당신의 편지를 받을 때마다 당연히도 기쁨을 금치 못한다는 사실입니다. 다만 제 답장에서는 건질 게 없기 십상인지라, 그 점 너그럽게 봐 주셨으면 합니다. 이런 말씀을 드리는 데에는 나름의 이유가 있습니다. 근본적으로 우리는 가장 심오하고 중요한 것 앞에 서면 이루 말할 수 없이 고독한 존재가 됩니다. 이런 우리가 타인에게 충고를 하거나 도움을 주려면 그에 앞서 많은 일이 일어나고 성사되어야 하며, 그렇게 성사된 도움이 단 한 번이라

8　릴케는 1903년 3월부터 4월에 튀레니아 바다에 면한 비아레조에 요양차 머물렀다. 그는 그보다 앞선 1898년 봄에도 그곳을 방문한 바 있다.

도 좋은 결실을 맺으려면 모든 사물이 마치 하늘의 별자리와 같이 제때 제자리에 위치하면서 온전한 조화를 이루어야 합니다.

오늘은 두 가지만 말씀드리고자 합니다. 하나는 아이러니입니다.

아이러니에 지배당해서는 안 되며, 특히 창작하지 않을 때 거기에 잡아먹혀서는 안 되겠습니다. 창작할 때는 아이러니를 보조 수단으로 써서 삶을 파악해 보십시오. 순수하게 도구로만 쓴다면 아이러니 역시 순수한 것이 되니, 이는 전혀 부끄러워할 일이 아닙니다. 만약 아이러니가 너무 친숙해지거나 그 친숙함이 커져 가는 게 불안하다면, 거기서 눈을 돌려 위대하고 진지한 대상을 찾아 보면 어떨까요. 아이러니는 그런 작은 변화만으로도 작아질 것이고, 결국 별 힘을 쓰지 못할 것입니다. 그러니 아이러니가 절대로 도달하지 못할 깊이를, 사물의 깊이를 추구하십시오. 그리하여 위대함에 조금이라도 가닿게 된다면, 그 즉시 당신을 거기까지 이끈 사고 방식이 당신 존재의 필연에서 나온 것인지 살펴보십시오. 만약 진지하고 필연적인 그 무엇이 영향력을 발휘한다면 아이러니는 (만약 그것이 우연히 다가온 것이라면) 당신으로부터 저절로 떨어져 나갈 것이며, 혹은 (진정 태어날 때부터 당신에게 속하였다면) 굳건하고 진지한 도구로 거듭나, 당신 예술의 형태를 이루는 데 있어 필수불가결한 수단 중 하나가 될 것입니다.

그럼 오늘 두 번째로 전하고 싶은 바를 말씀드리겠습니다.

제 장서 중에 없어서는 안 될 책이란 거의 존재치 않는데, 그중에서도 어디에 가든 항상 지니고 다니는 책이 둘 있습니다. 지금도 손 닿는 곳에 놓여 있지요. 하나는 성서이고 다른 하나는 덴마크의 위대한 시인 옌스 페테르 야콥센의 책입니다. 야콥센의 작품들을 알고 계실 수도 있겠다는 생각이 듭니다. 그의 몇 작품이 레클람판 세계문고로 훌륭하게 번역 출판되어 있으니 어렵지 않게 구할 수 있습니다. 야콥센의 『여섯 단편』이라는 책과 장편소설 『닐스 리네』를 구한 다음, 전자의 첫 단편인 「모겐스」부터 시작하십시오. 하나의 세계가, 그 세계의 행복과 풍요와 불가사의한 위대함이 당신께 강림할 것입니다. 한동안 그 안에서 살면서 배워야 할 듯한 것들을 배우시길 바랍니다. 그리고 무엇보다도 책을 사랑하길 바랍니다. 그러면 그 사랑은 수천 배로 보답 받을 것입니다. 저는 확신합니다. 앞으로 당신의 인생이 어떻게 바뀌어 가더라도, 그 어떤 경험과 환멸과 환희의 올올을 얻게 되더라도, 책에 대한 사랑은 늘 중요한 한 올로 남을 것이며, 그 한 올은 결국 당신의 장래라 불리울 피륙 전체를 꿰어 낼 것입니다.

창조의 본질에 대해, 그 깊이와 영원함에 대해 누군가에게 배웠다고 말해야 한다면, 저로서는 단 두 분의 이름만을 들 수 있겠습니다. 그중 한 명은 위대하고도 위대한 시인인 야콥센이며, 다른 한 명은 오늘날 살아 있는 예술가 중 누구와도 비교할 수 없는 조각가 오귀스트 로댕입니다.

부디 당신의 도정에서 항상 건승하시기를!

당신의

라이너 마리아 릴케 드림

프란츠 크사버 카푸스가 라이너 마리아 릴케에게

1903년 4월 15일, 티미쇼아라

존경해 마지않는 이여!

선생님의 친절한 편지가 부활절을 맞이한 제게 가장 큰 기쁨이었습니다. 과분하고도 친절한 선생님의 글에 진심 어린 감사를 드리는 것 외에는 달리 보답할 길이 없어 애석합니다만, 분명 이 진심은 제 영혼 깊숙한 곳에서 우러나온 마음임을 알아 주셨으면 합니다.

편찮다는 소식에 착잡합니다. 허나 꽃을 피워 내는 남녘의 온화한 바람에 건강을 되찾으실 테지요. 병약할지언정 태양을 향한 동경을 가슴에 담은 북녘의 자손들에게 이탈리아는 언제나 은혜로운 곳이니 말입니다.

존경해 마지않는 선생님께서는 자비롭게도 아이러니에 대해, 특히 그것이 삶 또는 예술과 관계 맺는 방식에 대해 말씀해 주셨습니다. 그 점 앞으로 유념하겠습니다. 사실 아이러니는 제게 있어 자아의 일부라기보다는, 그저 하이네를 무비판적으로 성급히 신격화하다가 생겨난 것인지도 모르겠습니다. 그도 그럴 것이, 몇 년 전까지만 해도 제게 있어 하이네는 경탄을 금치 못하는 대상, 달리 말해 숭배의 대상이었기 때문입니다. 하지만 제가 직접 경험한 바, 저는 가장 순수하고도 거룩한 경험이 예술 작품으로 화할 수 있음을 알게 되었고, 그때부터 하이네를 향한 제 열광은 시나브로 식어갔습니다. 인간의 영혼이 하이네처럼 고되고 죽을 만큼 슬픈 상태를 담을 수는 없는 법이지요. 심지어 오랫동안 지병을 앓은 영혼이 창작한 글이라 해도 그만큼 고될 수는 없을 것입니다. 하이네의 음산하고도 암울한 세계관에서 기인한 무언가가 당시 너무도 예민했던 제 영혼에 들러붙었던 건, 어쩌면 그저 그 무렵 제 영혼이 어두웠기 때문이었는지도 모르겠습니다.

하이네와는 달리 고통을 시로 형상화하는 야콥센! 존귀하신 선생님, 제게 이 작가를 알려 주신 것에 깊은 감사를 표하지 않을 수 없습니다. 지금까지 『여섯 편의 소설』을 읽었는데, 저는 이를 눈으로 좇는 데 그치지 않고 몸소 느끼고 있습니다. 소재의 소박함과 그것을 꾸려 가는 심리적 전개에 감탄을 금치 못했습니다. 제 생각이긴 합니다만, 그의 가장 심오한 경지를 「모겐스」가 보여 주었다면, 가장 강렬한 것은 「베르가모 페스트」였습니다. 그리고 사족을 하나 덧붙이자면, 그는 어엿한 화가이기도 하더군요. 어쩌면 시인보다는 화가로서 더욱 위대한 인물이 아닌가 싶습니다. 다른 어떠한 예술가와도 다르게, 야콥센은 작중 인물과 함께 살고 생각하고 감각해야 한다고 알려 주는 듯했습니다. 그저 인물에 대한 염려와 염원만으로 남아서는 안 된다고 말이지요. 「닐스 리네」 앞에 실린 미적-전기적-비평적 서문[9]은 여러 관점에서 제 안목을 열어 주었습니다.

하지만 저는 한 폭의 인상화라 할 수 있는 「여기 장미가 있었더라면」의 소묘에 대해서는 서문의 편자와 전혀 다른 생각을 갖고 있습니다. 저는 이 작품에서 어떠한 매너리즘[9]도 찾을 수 없습니다. 그런 식으로 불릴 만한 지점이 있긴 하지만, 그 부분은 제게 있어 무엇보다 정순하고 소박하고 아름다운 것으로 여겨집니다. 이러한 견해 차이는 아마도 제 미숙함 때문일 테지요.

야콥센을 안 지 그리 오래 되지는 않았습니다만, 저는 그가 제 인생이 끝날 때까지 가장 값지고 소중한 동반자 중 하나로 남을 것임을 깨달았습니다. 그가 지극히 심오한 문제를 건드리고 나면 그 대답이 나직이 울려퍼집니다. 이러한 특징을 감지하는 사람은 드물 테고, 그렇게 감지한 바를 이해하는 사람은 더더욱 드물 듯합니다. 아마도 그런 이유로, 야콥센보다는 일상에서 더 자주 접하는 작가들, 한철 이름을 날리고 사라지는 대가들의 이름이 더 자주 회자되는 듯합니다.

저는 그가 제 자아 속 가장 깊이 감추어진 부분을 명백히 밝혀 주리라는 것을 알고 있으며, 또한 그래 주기를 바랍니다.

9　독일 출판업자이자 비평가였던 테오도르 볼프(1868~1943)가 작성한 글로, 여기에서 그는 야콥센의 글을 두고 '분위기가 담긴 자연을 그려 내려는 회화적 성향을 극단적으로 밀고 간 단촐한 소묘'라 평하였다.

10　형식적으로는 르네상스 미술을 계승하지만 독자적 양식(매너)에 따라 예술 작품을 구현한 예술 사조.

하여 이 고요하고도 위대한 작가를 제게 일러 주신 선생님께 다시 한번 진심으로 감사를 드리는 바입니다.

존경해 마지않는 선생님, 폐를 끼치는 것은 아닐지 걱정스럽습니다만, 몇몇 질문을 드린 뒤 그 조언을 구하고 싶습니다. 개중 하나로 데멜[11]에 대해 여쭙겠습니다. 몇몇은 그를 두고 현존하는 가장 위대한 독일 시인이라 하고, 다른 이들은 그가 그저 형식주의의 화신일 뿐이라 말합니다. 제 경우에는 그의 발정 난 삶이나 시 작법에 대해 판단하는 것 자체가 어렵습니다. 그가 운용하는 각 단어의 이면에는 수천의 생각들이 자리하는 듯하기도 하고, 때로는 텅 빈 것 같기도 합니다. 그의 시를 읽다 보면 영원에 대한 생각에 잠기기도 하고, 때로는 요란스러운 리듬에 압도당하기도 합니다. 그 안에 들어 있는 모든 요소들은 분명해 보이나, 정작 시인이 원하는 게 무엇인지는 모르겠습니다.

제가 생각하기에는, 진실이야말로 예술 작품에 요구되는 제일가는 요소입니다. 예술가는 진실할 때에만 거진 무의식적으로 생동하는 심오한 생각과 감정을 관찰하고 그려낼 수 있으며, 또 올바른 단어를 통해 이를 구현해 낸다고 생각합니다. 선생님이 보시기에 데멜은 어떤 존재인지, 그의 진실은 어떤 것인

---

11 리하르트 데멜(1863~1920)은 자연주의적 경향의 독일 작가다. 시집 『여자와 세계』(1896)에 실린 「위로의 비너스」가 외설 시비를 불러일으키기도 했다.

지 알려 주시면 더없이 감사하겠습니다.

그리고 이제 마지막으로, 진심으로 부탁드리고 싶은 바를 전하며 편지를 끝마치고자 합니다:

세간에 새로 책을 내시면, 그때마다 제목과 출판사를 적어서 보내 주셨으면 합니다. 그러면 제가 바로 구해 보겠습니다. 새 책이 나왔다는 소식은 여러 논평을 통해서나 듣게 되는데, 그때는 책이 나오고 이미 몇 달이나 지난 후입니다. 다름 아닌 선생님께서, 당신의 작품을 통해 제가 가야 할 길을 일러 주신 덕분에, 저는 비로소 이 세상과 삶을, 그리고 저 자신을— 그것이 지금의 저이건, 앞으로의 저이건—무척 잘 이해하게 되었습니다. 그런 가르침을 주신 선생님의 글을 하나하나 알아 가고 싶습니다.

제가 드리고 싶은 모든 질문이 지금은 물론 앞으로 출간될 선생님의 책 속에서 가장 순수하고도 아름다운 방식으로 드러나게 되리라는 생각이 듭니다. 물론 그에 대한 답 역시 함께 담겨 있겠지요.

그러하기에 이렇게 용기를 내어 부탁드리는 바입니다.

존경하는 선생님, 혹여 오늘 저로 인해 너무 무료하셨다면 용서해 주시기 바라며,

당신께

영원한 감사를 빚진

프란츠 카푸스 드림

4월 17일부터 비너노이슈타트에 머무릅니다.

라이너 마리아 릴케가 프란츠 크사버 카푸스에게

1903년 4월 23일, (이탈리아) 피사 근교 비아레조

친애하고 존경하는 당신께서 보내 주신 부활절 편지에 무척이나 기뻤습니다. 덕분에 당신의 좋은 점을 여럿 알게 되었습니다. 특히 야콥센의 위대하고도 정감 넘치는 예술을 언급하는 태도를 보니, 당신의 삶과 그에 결부된 수많은 의문을 충만함으로 이끈 제 결정이 잘못된 인도는 아니었나 봅니다.

이제 『닐스 리네』, 그 장엄하고도 심오한 책이 당신 앞에 펼쳐질 것입니다. 읽으면 읽을수록, 정말이지 그 책에는 무엇 하니 빠짐 없이 깃들어 있는 듯합니다. 삶의 은은한 내음부터, 가장 탐스럽고 알찬 결실을 맛볼 때 느껴지는 위대한 풍미까지 말이지요. 이해되지 않거나 경험하고 파악할 수 없는 것, 또는 기억의 흔들리는 반향 속에서 알아볼 수 없는 것은 그 책 안에 존재하지 않습니다. 거기서는 어떠한 체험도 하찮지 않습니다. 제 아무리 경미한 사건이라도 운명마냥 전개되는데, 그 운명 자체가 하나의 경이롭고도 광막한 조직이요 올올이 짜인 피륙과도 같지요. 각각의 사건들은 가없이 부드러운 운명의 손에 이끌려 한 올 한 올 가로놓이게 되고, 그런 다음 다시 그 위로 포개지는 수백의 실낱들을 떠받치게 됩니다. 당신은 이 책을 처음 읽는다는 크나큰 복을 만끽할 것이며, 마치 새로운

꿈에 들어선 마냥 무수한 경이를 가로지를 것입니다. 뿐만 아니라 장담컨대, 당신은 훗날 그 언제라도 다시 그의 책을 편력하며, 처음과 마찬가지로 놀라움으로 가득 찰 것입니다. 그때도 이 책은 그 경이로움을 조금도 잃지 않을 테고, 처음 독자를 뒤흔든 동화적인 매력 역시 여전히 남아 있을 테지요.

이 책을 읽는 독자는 언제나 더 큰 즐거움을 만끽하면서 이에 감사할 것입니다. 이 책을 읽은 독자가 세상을 어떤 식으로 바라보건 간에 그 바라봄은 더욱 훌륭하고 간결해질 것이며, 삶에 대한 그의 신념은 더욱 깊어질 것입니다. 더욱 복되고 위대한 삶이 되는 것입니다.

이 책을 읽은 다음에는 마리 그루베의 운명과 동경을 담은 예의 경이로운 책[12]은 물론, 야콥센의 서간문과 일기 및 단상을 거쳐, 마지막으로는 (볼품없는 번역이기는 하나) 끝없는 울림을 간직한 그의 시를 읽어야 합니다. (기회가 닿는다면, 위 작품들을 모두 수록한 야콥센 전집을, 그 아름다운 책들을 구매하시길 권합니다. 총 세 권으로 라이프치히의 오이겐 디더리히에서 훌륭한 번역으로 출간되었으며, 가격은 제가 아는 한 권당 5마르크 내지 6마르크밖에 나가지 않습니다.)

「여기 장미꽃이 피어야……」(이 작품의 섬세함과 형식미는 비할 바가 없을 정도입니다)에 대한 당신의 견해에 대해 말

---

12 야콥센의 소설 『마리 그루베』를 뜻한다.

씀드리면, 그 견해는 당연히도 그 책의 서문에 비해 정말이지 나무랄 데 없이 타당합니다. 가능한 한 비평-미학 나부랭이는 읽지 마십시오. 그것들은 생명력 없이 돌처럼 굳어 아무런 의미를 지니지 못하는 편파적인 것들 혹은 교묘한 말장난에 지나지 않아, 오늘날 그중 한쪽의 견해가 옳다 한들 내일이면 뒤집히기 일쑤입니다. 예술 작품은 끝없는 고독으로 이루어졌기에, 비평을 통해 거기에 도달하기란 무엇보다 어렵습니다. 오직 사랑만이 예술 작품을 파악하고 담아낼 수 있고 예술 앞에서 당당할 수 있습니다. 매번 자신과 자신의 감정을 정당한 것으로 받아들이고, 그를 반박하거나 논평하고 전도하려 드는 것들에 대항하십시오. 혹여 당신이 틀렸다 할지언정, 당신 내면의 삶은 자연스럽게 성장할 것입니다. 시간의 흐름이 당신을 천천히 다른 앎으로 이끌어다 줄 것입니다. 그러니 당신의 판단은 독자적이어야 합니다. 당신의 판단은 어떠한 방해도 없이 조용한 발전을 이루어야 하며, 모든 진보가 그러하듯 자기 내면으로부터 비롯하고, 아무런 종용이나 재촉도 받지 말아야 합니다. 만물은 만삭 끝에 태어나는 법입니다. 뭇 인상과 감정의 싹이 온전히 자기 안의 어둠 속에서, 형언할 수 없는 무의식 속에서, 이성으로는 범접할 수 없는 곳에서 완성되게 하십시오. 그렇게 깊은 겸허와 인내를 통해 새로운 명료함이 태어날 때를 기다리십시오. 예술적 삶은 오직 이러한 과정만을 따릅니다. 무엇을 이해할 때나 창조할 때나 다 마찬가지입니다.

　이때 시간은 어떠한 척도도 될 수 없습니다. 햇수는 조금도 유효치 않습니다. 10년의 세월도 아무것이 아닌 바, 예술가로서 존재하기란 셈이나 계산을 않고 그저 나무처럼 무르익는 것입니다. 나무는 수액을 억지로 짜내지 않으며, 봄날의 폭풍에 시달릴 때도 여름이 오지 않을까 걱정하는 법 없이 의연히 서 있습니다. 여름은 오기 마련입니다. 하지만 여름은 오직 인내하는 자들에게만, 마치 영원을 앞에 둔 것마냥 근심 없이 고요하고도 광막하게 서 있는 자들에게만 찾아옵니다. 저는 이러한 교훈을 매일, 다름 아닌 고통 속에서 얻고 있으며 그에 감사하고 있습니다. 인내[13]가 전부입니다!

리하르트 데멜에 대해 말해 보지요. 저는 그의 책에서 (덧붙여 잘 알지는 못하지만 그 사람 자체도[14]) 아름다운 부분을 발견했나 싶다가도, 한 장만 더 넘겼다가는 그게 죄다 망가져 버릴지도 모른다고, 사랑받아 마땅할 가치가 손상될지도 모른다고 두려워하게 됩니다. 그러한 그를 '발정 나서 살고 창작한다'라

13　오귀스트 로댕이 했던 말, '작업을 해야만 한다, 오직 작업을. 인내하며 해야만 한다'에 영향을 받은 것으로 보인다. 릴케는 이 말을 부인 클라라에게 보낸 편지(1902년 9월 5일)에 적은 바 있다.

14　릴케는 1898년 1월 말에 베를린에서 데멜을 만났으며, 그의 초기 작품은 데멜이 쓴 시의 영향을 받았다.

는 말로 잘 특징지으셨습니다. 사실 예술적 체험은 고통과 욕망을 겪는 데 있어 성적 체험과 믿기지 않을 정도로 가까워, 두 현상은 본디 동일한 동경과 지복에서 비롯한 서로 다른 형태라 할 수 있습니다. 그리고 발정을 대신하여 성이라는 말로 표현할 수 있다면—이때 성이란 교회가 더럽히기 전의 성, 위대하고도 광막하고도 순수한 의미를 지닌 성을 뜻합니다—, 데멜의 예술은 무척이나 크고 한없이 중요하다 볼 수 있겠습니다. 그의 시가 지닌 힘은 실로 강렬합니다. 그의 시는 원초적 충동마냥 세차고, 방약무인하면서도 독자적인 운율을 지니고 있어서 마치 분출하는 화산처럼 저 자신으로부터 터져나옵니다.

하지만 이런 힘이 언제나 성실해 보이지는 않으며, 아무런 가식이 없어 보이지도 않습니다. (이 지점은 창작자에게 있어 가장 큰 시련이기도 합니다. 자신이 지닌 최고의 미덕을 절대 자각하거나 생각하지 말아야만 순수함과 자유분방함을 잃지 않을 수 있으니 말이지요!) 그러하기에 그의 시가 지닌 힘이 시원한 소리를 내며 그의 본질을 가로지르고, 또 성적인 세계까지 다다르게 된다 한들, 정작 그 힘이 필요로 하는 순수한 인간은 보이지 않습니다. 그의 시 속에 온전히 무르익고 순수한 성의 세계란 존재치 않습니다. 대신에 인간성이 충분치 않은, 그저 **남성적일 뿐인** 성의 세계가, 발정과 도취와 동요에 지나지 않는 세계가, 남성이 사랑을 왜곡해 상대에게 부당한 책임을 지우기 위해 사용하는 케케묵은 편견과 오만에 짓눌린

성의 세계가 있을 뿐입니다. 그는 인간으로서가 아닌 **오직** 남자로서 사랑하기에, 성을 다루는 그의 감각 속에는 무언가 편협한 것, 야만적이어 보이는 것, 혐오스러운 것, 일시적인 것, 영속적이지 못한 것이 있고, 그로 인해 그의 예술은 축소됩니다. 애매해지거나 의심스러워지는 것이죠. 데멜의 예술은 무결치 **않으며** 시간과 정열의 인장까지 찍혀 있기에, 그의 예술이 후대에 남기는 어려울 것입니다. (물론 대다수의 예술이 그러하지요!) 물론 데멜이 지닌 위대함을 만끽할 수는 있겠으나, 거기에 빠져들어 데멜적 세계의 신봉자가 되어서는 안 됩니다. 그 세계는 끝없이 불안한 세계, 간통과 혼란으로 가득 찬 세계로, 진정한 운명으로부터 멀리 떨어져 있습니다. 진정한 운명은 일시적인 애수보다 훨씬 고통스럽지만, 그로 인해 우리는 위대함과 영원에 달할 보다 많은 기회와 용기를 얻게 됩니다.

마지막으로 제 저서 말입니다만, 좋아하실 법한 책을 죄다 보내드렸으면 하는 마음입니다. 하지만 저는 매우 가난한 사람이라, 제 책은 출판되는 순간부터 더는 저의 것이 아닙니다. 저 역시 책을 사서…… 그러고 싶은 마음은 간절하나 제 책에 호의를 보이신 분들께 보내 드릴 수가 없습니다.

그러하기에 (출간된 제 책은 모두 열두어 권이지만 그중) 최신작의 제목(과 출판사)를 적어 동봉하니, 기회가 닿는 대로 개중 몇 권을 구하셨으면 하는 바람입니다.

제 책을 손 닿는 곳에 두어 주신다면 기쁘겠습니다.
안녕하시길!

당신의
라이너 마리아 릴케 드림

프란츠 크사버 카푸스가 라이너 마리아 릴케에게

1903년 5월 2일, 비너노이슈타트

존경해 마지않는 이여!

오늘 다시 새로운 편지로 번거롭게 해 드려 죄송합니다. 하지만 선생님의 편지가 너무도 값지고 가없이 소중하기에, 편지를 받고 나면 제게 늘 과분한 선생님의 커다란 호의와 우정에 곧장 감사를 드리고 싶은 마음입니다. 그러니 이해해 주셨으면 좋겠습니다. 기실 저의 부모와 누이[15]는 좋은 사람들로, 자신들만큼이나 저를 소중히 여깁니다. 하지만 그들 사이에서 저는 **이중으로** 고독합니다. 그리고 그 점이 괴롭습니다. 가끔은 그들과 함께할 것이 너무도 적어 자책할 때도 있습니다. 제 이런 부분을 이해해 주시리라 생각합니다. 이것이 바로 제가 선생님의 편지에 그토록 매달리는 이유, 읽고 또 읽어도 늘 부족함을 느끼는 이유입니다. 선생님의 편지는 제가 예전부터 지금까지 속한 인간 세계와는 엄연히 다른, 그로부터 멀리 떨어진 별세계의 복음 같습니다. 하나 더 부탁드리고 싶은 게 있

---

15 상원의원이기도 했던 카푸스의 부친 에른스트
카푸스(1883~1941)는 티미쇼아라의 법무사 비서로 일을
시작한 뒤 다양한 행정직을 맡았다. 프란츠 카푸스의 여자
형제는 결혼 후 헝가리에 정착했다.

습니다만, 혹여 제가 필요 이상으로 저라는 인간에 대해, 제 생
각과 꿈과 소망과 감정에 대해 말씀드리게 되더라도 부디 양
해해 주시기 바랍니다. 인간이란 자기 자신을 실제보다 더 흥
미로운 존재로 여기려 드니 말입니다. 만약 저 때문에 지루함
을 느껴 단 한마디만 꺼내시더라도 저는 그대로 멈춰 버릴 수
있기에, 미리 이런 부탁을 드리는 바입니다.

『닐스 리네』를 끝까지 읽었습니다. 지금껏 제 내면을 이
렇게 깊은 곳까지 파헤쳐 낸 책은 없었습니다. 그리고 그 결말
은, 게르다가 닐스의 삶에 들어선 순간부터 제게 용기와 힘을
불어넣어, 삶이란 지독할 정도로 쓰라릴지언정 위대하고도 아
름다운 것임을 믿게 해 주었습니다. 그리고 리네가 죽음을 맞
이하는 방식…… 저는 그 부분이 이 작품에서 가장 값지고 경
이로운 지점이라고 생각했습니다. 앞으로 크나큰 고통에 사로
잡힐 때마다 이 책을 다시 꺼내 읽으며 제자 된 마음으로 따르
려 합니다. 가능한 한 빨리 선생님께서 친절히 알려 주신 디더
리히 출판사의 야콥센 전집을 들이겠습니다.

데멜에 대해 알려주셨는데, 어찌 감사해야 할지 모르겠습
니다. 선생님은 제게 이 시인에게 다가갈 길을 일러 주셨고, 또
한―이 점이 제게는 **더욱, 훨씬 중요한데**― 인간의 성적 삶이 예
술 및 예술가와 어떻게 영향을 주고받는지 보여 주셨습니다.
고귀하신 선생님께서는 그 과정을 통해 제 안에 하나의 질문
을 불러일으키셨습니다. 그 질문이란 지금껏 제가 좀체 입에

담지 못했던 것, 하지만 그럼에도 잉걸불마냥 제 영혼 속에서 줄곧 타올라 왔던 것입니다. 아마도 저는 관습에 물든 수치심 탓에 천성에 대한 의문을 금기로 간주하고 있었나 봅니다. 또한 순진무구하다고는 말할 수 없는 양심 때문에 제 입을 봉하고 있었나 봅니다. 하지만 저는 이제 알고 있습니다, 선생님을 앞에 두고서는 솔직해질 수밖에 없음을.

성애는 죄악인 것입니까? 여자가 아이를 낳으면 타락했다는 말을 듣습니다. 하지만 아이를 낳는 일이야말로 그네들의 사명, 자연이 규정한 바가 아니겠습니까? 하지만 또 다른 방향을 바라보면, 거기에는 아직 무엇 하나 이루지 않은, 아직 자신의 직분을 다하지 않은 동정녀의 머리 위로 떠오르는 경이롭고도 거룩한 후광이 있습니다. 그것은 대체 무엇이란 말입니까? 게다가 그 대상이 남자일 경우, 제 머릿속에서 이 문제는 더 복잡해지고 맙니다.

어째서, **자신이 무엇을 해야** 하는지 이미 알고 있는 남자에게 육체적 도취가 필요할까요? 질문을 이어 가 보자면, 무언가를 형성하고 잉태시킨다는 발상 즉 자신이 창조자라는 생각은 그 자체만으로도 한없이 즐거운 것이라 모든 신체적 욕구를 벌충할 수 있는데, 어째서 굳이 육체적인 쾌락 장치를 총동원해야 하는 걸까요? 심지어 쾌락에 얽인 잉태 방식은 백에 아흔아홉이 그렇다고 할 정도로 수단이 목적 그 자체가 되어 버리곤 하는데, 그러면 그 결론은 불 보듯 뻔하지 않을런지요! 결론이 뻔할 정도로 명확하다면 누가 그것을 비판할 수 있을까요? 이러한 방식으로 유지되고 번식하는 생명은 순전히 우연에 의존하게 되며, 본질에서 빗나가게 되고, 의도치 않은 특성에 지배당하게 됩니다. 더욱 명확히 표현해 보자면, 자연이 제 권리를 달성하려고 일부러 인간의 동물적 본능을 일깨워 버렸다고 말할 수 있겠습니다.

때문에 저는 성애를 증오하며, 저 자신이 그에 함락될 경우 스스로와 깊이 갈등하게 됩니다. 물론 그 반대편에 있는 것, 소위 '플라톤적' 사랑이 지닌 부자연스러운 불모성 역시 깊이 인지하고 있습니다. 언제까지고 그런 사랑에 만족할 사람은 아무도 없겠지요.

존경하는 선생님, 바라옵건대 위와 같은 이야기를 드린 저를, 비논리적일 뿐만 아니라 흥미롭지도 않을 수 있는 생각에 골몰한다며 나무라지 않으셨으면 합니다. 저는 그저 제 영혼에 말없이 잔존하던 여러 의문 중 하나를 밝혀내고자 했을 따름입니다. 그 과정에서 무언가 잘못된 것이 있다면, 그건 아마도 제 표현이 부족한 탓이겠습니다. 이렇게 부족한 제가 선생님께는 너그러운 재판관이 되어 달라는 부탁을 드리고 있음을, 저도 잘 알고 있습니다.

최근 내신 책들을 일러 주신 친절에 감사드립니다. 지금껏 『영상집』[16]의 존재를 모르고 있었습니다. 책은 주문을 넣었고, 한시라도 빨리 받아 보고 싶어 안달이 날 지경입니다. 왜 그런지 이해하시리라 믿습니다. 저에 대해 잘 아실 테니까요.

존경하는 선생님, 제 편지에 대한 답장을 기다리고 그 기다림을 즐기는 일, 그 일은 제 인생을 비추는 광원입니다. 그리고 그 빛의 음색과 울림을 살아가는 것, 이것이 제게는 기도입니다.

존경하는 선생님, 그 어떤 상황에 처하더라도 저 자신에게 돌아오고 저 자신을 잃지 않는 일, 그 일이 얼마나 어려운지는 잘 아실 테지요. 저는 올 8월에 소위가 될 예정입니다. 이 직업이 일반적으로 불러일으키는 인상을, 영혼과 감정에 충실한 저의 삶과 연결시켜야 한다고 생각하니 쓴웃음이 납니다. 하지만 먹고 살 직업을 가져야 하거니와, 다음 주둔지가 빈[17]이기에 아주 불만족스럽지는 않습니다. 지인들은 모두 제가 화려한 군 경력을 쌓기를 바라지만, 저는 그럴 생각이 없습니다.

그런데 어째서 이 모든 것을 선생님께 말씀드리는 걸까요?
그것은 선생님께서 제게 너무도 많이 베풀어 주셨기 때문입니다. 그래서 저는 지금껏 마음 속 깊이 간직한 채 누구에게도 말하지 못한 일을 털어놓을 수밖에 없었습니다. 그와 반대로, 저

---

16 1902년에 출판된 작품으로, 한국에서는 주로
    『형상시집』이라는 이름으로 소개되었다.
17 카푸스가 배속될 예정이던 제72보병연대의 주력은 빈 렌베크
    호이마르크트 병사에 주둔했다.

는 제게 가장 가까운 사람들로부터 가장 멀리 떨어져 있습니다. 그들은 가능한 모든 방식으로 저의 행복을 빌어 주지만, 제 가장 바람직한 '자아'가 그들이 바라는 행복으로부터 비켜서 있음을 눈치채는 자는 아무도 없습니다. 어머니의 사랑조차 제 본질이라는 영역을 향한 다리를 놓을 수는 없습니다.

근래에는, 그러니까 최근 슈스터&뢰플러 사에서 (슈테판[18] 츠바이크가 편집하여) 작은 판형으로 출간한 최고의 번역 선집을 알게 된 이래로는, 폴 베를렌[19]에 심취해 있습니다. 그의 음조를 접하다 보면 저는 가끔 저 자신을 생각케 됩니다. 그런데 베를렌에게는 매우 기묘한 점이 하나 있습니다. 그가 순진무구한 아이들의 말을 읊조리고 있는지, 아니면 부드러운 소네트 속에 도차저이다시피 한 열정을 쏟아 붓고 있는지 모르겠다는 것입니다. 물론 어떤 경우라 하더라도 그 결과물은 감탄스럽습니다. 그 이유는 바로 그가 극히 대담하고 불순한 존재이기 때문입니다. 그는 자연에 반하는 감정마저도 고요한 순수로 대합니다. 정말이지 성모상 앞에 두 손을 포개고 주기도문을 올리는 아이를 그리는 듯한, 무구하면서도 감미로운, 몽환적인 방식입니다. 이 모든 특징이 너무도 자연스레 언어로 표현되는 탓에, 저는 천부적인 위대함을 지닌 이 시인의 영

18　원문에서 카푸스는 Stefan을 Stephan으로 오기했다.
19　폴 베를렌(1844~1896)은 프랑스 상징주의 시인이다.

혼에 데카당스의 인장이 찍혀 있으리라 믿습니다.

밑도 끝도 없는 이야기를 쓰고 말았습니다.
너무 장황했나 싶지만, 제가 겪는 정신적 고독과 의사 소통을 향한 열망을 헤아려 주시기 바랍니다.

당신께
영원한 감사를 빚진
프란츠 카푸스 드림

8

프란츠 크사버 카푸스가 라이너 마리아 릴케에게

1903년 7월 2일, 비너노이슈타트

존경해 마지않는 이여!

다시 편찮아지신 건 아닌지, 혹은 제 마지막 편지를 못 받으신 건 아닌지 걱정스러운 마음에 오늘 재차 편지를 씁니다. 부담을 느끼신다면 회신하지 않으셔도 됩니다. 다만 4월 23일에 보내 주신 편지를 감사하게 받아 보았음을 알려 드리고 싶을 따름입니다. 그리고 정말 편찮으시다면, 이렇게 편지로만 찾아뵙는 점을 용서해 주시기 바랍니다. 장담컨대 이 편지는 그리 실시 않을 겁니다.

비할 데 없이 선량하고 따뜻하신 선생님께서 고통스러워하신다는 생각에 걱정이 이만저만이 아닙니다. 아직 자신이 작디작은 존재임을 알고 있는 어린아이가 은혜를 베풀어 준 사람에게 느끼는 열의와 마찬가지로, 선생님의 건강을 열렬히 바라마지 않습니다. 그도 그럴 것이, 저는 제가 선생님께 어떤 빚을 졌는지 익히 알고 있기 때문입니다.

최근에 저는 야콥센의 시집 『마리 그루베』와 선생님의 놀라운 작품 『영상집』을 읽을 수 있었습니다. 시인에게 그가 쓴 작품에 대해 말하기란 한없이 지난한 일이지요. 무척이나 평범하고 진부해 보이는 상투적 문구에서 벗어나기 쉽지 않을뿐

더러, 우리가 할 수 있는 가장 신성한 말들마저 속되어 보이게
끔 만드는 신령한 마음의 언어가 울려퍼지도록 만드는 일은
더더욱 어렵기 때문입니다. 존경하는 선생님, 당신의 책은 제
성경이며, 그와 동시에 훌륭하고 믿음직한 유산과도 같아, 가
장 슬프고 쓰라린 경험에도 손상되지 않으며, 수호신처럼 제
인생에 동반자가 되어 줄 것입니다. 앞으로 제가 불평불만을
일삼는 자가 되지 않는다면, 그것은 아름다움의 왕국을 제게
아낌없이 드러내 보여 주신 당신 덕분일 것입니다.

『마리 그루베』는『닐스 리네』다음에 접한 터라 적이 실망
했습니다. 물론 이 작품 안에도 영혼의 강력한 앎과 사물을 바
라보는 시점이 빚어 내는 조형성이 살아 숨 쉬고 있습니다. 또
한 무수한 색상과 어조로 울려퍼지는 말이 반짝이며 빛나고
있어, 만약 다른 작가들의 작품과 함께 놓여 있더라도 이것이
야콥센의 작품임을 금방 알아볼 것입니다. 그러나 마리 그루
베가 내리막길을 걷는 병든 존재인 반면, 닐스 리네는 어둡고
불모적인 기질을 가진 채로도 한 명의 예술가이자 **영웅**으로
존속합니다.

물론 마리 그루베에게서 무의식적으로 깨어나는 여성성
은 깊고 확실하며 아름다운 진실을 담고 있습니다. 문학 가운
데 이에 비할 작품을 찾을 수는 없을 듯합니다. 또한 순수함과
선함에 대한 많은 이야기를 들을 수 있는 작품이어서 즐겁게
읽었습니다. 이 책에는 툭하면 '자기 바깥으로 빠져나오려는

의지'마냥 저를 거칠게 사로잡는 사랑의 영원하고도 경이로운 신비가 비할 데 없이 아름답게 수놓아져 있기에, 좋아하지 않을래야 않을 수 없습니다.

그리고 마지막으로 야콥센의 시인데, 제 생각에 그의 운문은 그의 삶에 달려 있는 주석 같으며, 그와 동시에 그의 다른 모든 작품들을 마감하는 마지막 봉인처럼 여겨집니다. 다시 말해 그의 시는 가장 아름다운 의미를 지닌 예술적 경험이라 할 수 있겠습니다.

그리고 또 헤르만 헤이에르만스라는 대가를 알게 되었는데, 빈 출판사에서 출판된 그의 책 『유대인 지구』[20] 덕에 몇 시간이고 혼탁함이 없는 즐거움을 누릴 수 있었습니다.

어찌 되었건 존경해 마지않는 선생님의 너그러움을 너무 오래 붙잡은 듯합니다. 선생님의 호의가 은혜도 모르는 이에게 낭비된 것이 아니라는 점만 알아 주신다면 기쁘겠습니다.

언제나 선생님의 온정을 바라며
감사한 마음으로
프란츠 카푸스 드림

20 유대계 네덜란드 작가 헤르만 헤이에르만스(1864~1924)의
    소설. 카푸스가 언급한 판본은 1903년 빈 출판사가 펴낸
    것으로, 레기너 루펜이 독일어로 번역했다.

8월 2일까지 비너노이슈타트

8월 6일은 코르티나 담페초

8월 8일은 푸스테르탈 니더도르프

8월 9일은 란드로

8월 10일은 섹스텐

8월 13일까지는 부루크-푸슈 근교 페르라이텐

8월 18일까지는 비너노이슈타트

이후 티미쇼아라에 머뭅니다.

9

라이너 마리아 릴케가 프란츠 크사버 카푸스에게

1903년 7월 16일, 브레멘 근교 보릅스베데

저는 너무도 고통스럽고 지친 나머지 십여 일 전 파리를 벗어나 광활한 북쪽 평야로 떠났고, 광막함과 고요함과 하늘 아래서 다시금 건강을 찾고자 했습니다. 그러나 오랜 장마에 접어든 터라, 바람이 요동치는 이 대지에는 오늘 처음 약간의 빛이 내리쬐고 있습니다. 이렇게 잠시 갠 틈을 타 친애하는 당신께 안부 인사를 드립니다.

친애하는 카푸스 씨, 편지에 오래 답장을 못 했으나, 혹여 잊어버려서 그런 것은 아닙니다. 오히려 반대입니다. 당신의 편지는 여러 편지 사이에서 눈에 띄면 다시금 읽게 되는 류의 편지였고, 그로써 당신이 매우 가깝게 느껴졌습니다. 5월 2일 자 편지였는데, 기억하고 계시리라 봅니다. 지금처럼 외딴 정적 속에서 그 편지를 읽으면, 삶에 대한 당신의 아름다운 배려에, 앞서 파리에 있을 때보다 더욱 감동하게 됩니다. 그도 그럴 것이, 파리에서는 사물을 뒤흔드는 굉음 탓에 모든 울림과 잔향이 변질되기 때문입니다. 여기, 바다에서 바람이 불어오는 거대한 대지 위에 있노라면, 오직 당신만의 삶 깊숙한 곳에서 비롯한 의문과 감정에 화답할 수 있는 사람은 존재하지 않으리라는 사실을 느낄 수 있습니다. 왜냐하면 제아무리 훌륭한 사람이라도, 아주 작은 것을 넘어 거의 형용할 수 없는 것들을 말로써 드러내 보이려 할 때는 길을 잃기 마련이기 때문입니다. 하지만 만약 당신이 지금 제 눈에 안식을 주고 있는 사물들과 비슷한 대상에 자신을 내맡겨 보신다면, 아무런 해결도 보지 못한 채 제자리에 머무르지는 않으리라 생각합니다. 자연과 그 안에 깃든 소박함에, 거의 눈에 띄지도 않다가 부지불식간에 가늠하기 어려울 만큼 거대해지기도 하는 작고 소박한 사물들에 의지해 보면 어떠실까요. 미물들에게 사랑을 품고, 그저 겸허히 섬기는 자가 되어, 가난하고 빈약해 보이는 것들의 신뢰를 얻고자 하면 어떠실까요. 그러면 만물이 당신께 보다 수월하고 통일된 모습으로 나타나고, 그렇게 당신 역시 더욱 조화로운 상태에 이를 것입니다. 그리고 이런 움직임은 수시로 깜짝 놀라 주춤거리곤 하는 이성이 아닌, 당신의 가장 내밀한 의식이자 자각이자 앎 속에서 이루어지는 움직임일 것입니다. 당신은 매우 젊어 모든 시작을 앞두고 계십니다. 친애하는 당신께 가급적 부탁드리는 바, 마음 속 해결되지 않은 모든 것에 인내심을 가져 보시기 바랍니다. 문제 **자체**를 하나의 밀폐된 방이나 매우 낯선 말로 쓰인 책처럼 사랑해 보십시오. 삶에서 영위할 수 없으므로 결코 주어지지 못할 해답을 찾고자 애쓰지 마십시오. 모든 것은 삶 속에서 영위해야 합니다. 지금의 문제를, **삶**에서 **영위**하시기 바랍니다. 그러면 점차, 자신도 모르는 사이, 어느 먼 훗날, 해답으로 들어서는 삶을 사실 것입니다. 당신 안에는 유달리도 복되고 순수한, 삶이라는 예술을 조형하고 형상화할 가능성이 있을 터입니다. 그에 맞춰 성장을 도모하십시오. 그리하여 무엇이 다가오든 전적으로 신뢰하며 받아들이십시오. 만약 그것이 순전히 당신의 의지 혹은 내면이 추구하는 어떤 필연에서 도래한 것이라면, 이를 감내해야지 결코 증오해서는 안 되겠습니다. 성이란 막중한 문제입니다, 그렇고 말고요. 하지만 막중함이야말로 우리에게 부과된 의무입니다. 세상 모든 것은 진지하며, 거의 모든 진지함은 막중한 것입니다. 이 점을 인식하시고 당신 자신을 바탕 삼아, 당신의 성향과 기질을 바탕 삼아, 당신의 경험과 유년과 역량을 바탕 삼아 (관습과 도덕에 물들지 않고서) 온전히 독자적인 관계를 성과 맺을 수 있다면, 그때부터는 더는 자신을 잃게 되지는 않을까, 자신의 고귀함이 더럽혀지지는 않을까 걱정할 필요가 없을 것입니다.

육체적 쾌락은 감각적 체험이지요. 그것은 아름다운 열매를 맛보고 싶어 하는 순수한 직관 혹은 감정과 같습니다. 그것은 우리에게 주어진 커다랗고 무한한 경험으로, 우리에게 세계를 알려 주는 작업 중 하나입니다. 또한 그것은 다른 모든 앎과 마찬가지로 빛과 충만함을 담고 있습니다. 이를 받아들이는 것은 나쁜 일이 아닙니다. 나쁜 것은 바로 대다수가 이러한 경험을 오용하고 허비한다는 점입니다. 그들은 지친 삶을 자극하거나 해소하려는 용도로만 쾌락을 사용하기 때문에 지고

지순한 지점에 다다르기 위한 집성을 이루지 못합니다. 심지어 인간은 먹는 일조차 무언가 다른 것으로 바꾸어 놓았습니다. 누군가는 궁핍한데 다른 쪽에서는 남아도는 탓에, 먹는다는 명료한 욕구가 탁해져 버립니다. 삶을 쇄신하는 데 필요한 다른 모든 심오하고도 단순한 욕구들 역시 이와 마찬가지로 혼탁해졌습니다. 그러나 이러한 세상 속에서도 각 개인은 자기 자신을 위해 이 욕구들을 명료하게 재구성할 수 있고, 자신만의 삶 속에서 명료히 영위할 수도 있습니다. (물론 지나치게 의존적인 개인이 아닌, 고독한 개인이어야 가능한 일이겠지요.) 고독한 사람은 동식물에 깃든 아름다움이 고요하고도 지속적인 사랑과 동경의 한 형태임을 떠올릴 수 있으며, 식물을 바라보듯 동물을 바라볼 수 있습니다. 동물들은 인내 속에서 기꺼이 하나가 되고, 그렇게 여럿으로 번식하고 또 성장하는데, 이는 육체적 쾌락이나 고통에서 비롯된 것이 아닙니다. 그들은 쾌락이나 고통보다 위대하고 의지나 저항보다 강력한 필연성에 몸을 맡깁니다. 바라건대, 대지를 가득 채우고 있는 온갖 미물들 속에 충만한 이 신비를, 인간들이 더욱 겸허히 맞이했으면 합니다. 그 신비를 더욱 진지하게 받들고 감내했으면 합니다. 또한 그 신비를 가볍게 취하기보다는 그것이 끔찍하리만치 막중한 것임을 인식하면 좋겠습니다. 그리하여 정신적으로 드러나든 육체적으로 드러나든 간에 결국은 같은 것인 자신의 생식 능력에 경외심을 품었으면 합니다. 기실 정신적 창조란 육체적 창조로부터 비롯된 것이라 본질적으로 둘은 하나이며, 따라서 그 모든 창조는 육체적 쾌락을 보다 은은하게, 보다 황홀하고도 영원하게 되풀이하는 행위에 지나지 않습니다. '창조자가 되어 생식하고 형성한다는 발상'은 세계 속에서 부단히 입증하고 실현하지 않는 한, 또한 뭇 사물들과 동물들로부터 수천의 동의를 얻지 않는 한 아무것도 아닙니다. 왜냐하면 그 '발상' 자체가 수백만 번 거듭된 탄생에서 물려받은 기억으로 가득 채워져 있기 때문입니다. 그렇기 때문에 우리는 그러한 발상들로부터 즐거움을 얻고, 그 즐거움 속에서 말할 수 없이 커다란 아름다움과 풍요로움을 느낄 수 있습니다. 창조자가 일으킨 한 차례의 발상 속에서는 그간 잃어버렸던 사랑의 밤 수천 개가 되살아나며, 그렇게 살아난 밤들로 인해 발상은 숭고함과 고결함으로 가득 찹니다. 밤에 한데 모인 사람들을 떠올려 보십시오. 그들은 출렁이는 욕망에 뒤엉킨 채 진중한 작업을 행하고, 그 작업을 통해 감미로움은 물론이요 깊이와 저력을 그러모읍니다. 이는 언젠가 미래의 시인이 나타나 노래를 불러 주기를, 말 못 할 환희를 말해 주기를 바라며 수행하는 작업입니다. 그 작업을 통해 그들은 미래를 불러들입니다. 설사 그들이 길을 잃고 맹목적으로 부둥켜안은들 미래는 찾아올 것입니다. 그 미래에서 새로운 인간이 생겨날 것이며, 그간 우연으로만 이루어져 왔던 이 세상 위에 새로운 법칙이 세워질 것이며, 새로운 정자들은 그 법칙에 따라 역경에 맞서며 힘차게 나아가, 자신을 향해 활짝 열린 난자로 돌진할 것입니다. 그러니 피상적인 것에 휘둘리지 마십시오. 저 깊은 곳에서는 모든 것이 법칙 안에 놓여 있습니다. 이것은 삶의 신비인데, 이 신비를 잘못되고 조악한 방식으로 영위하는 대다수의 인간들은 저 스스로 신비를 잃어버리고서, 그것이 무엇인지도 모른 채 봉인된 편지마냥 남에게 넘겨 버리지요.

또한 당신은 다양한 명칭과 복잡한 상황 따위에 휘말려 헤매서도 안 됩니다. 아마도 우리 모든 것 위에는 위대한 모성이, 말하자면 공통의 수원愁願[21]처럼 자리할 것입니다. 처녀라는, '(앞서 말씀하신 대로) 아직 무엇 하나 이루지 않은' 존재가 아름다운 이유는 앞으로 벌어질 일을 예감하여 준비하는 모성, 두려워하면서도 수원해 마지 않는 모성 때문입니다. 이 모성이 현재에 다다르면 곧 다른 존재에게 봉사하는 어미의 아름다움이 되며, 노파에게는 그에 관한 기억이 위대함으로 남게 됩니다.

한편, 남성에게도 육체적 모성과 정신적 모성이 있다고 여겨집니다. 생식이라는 남성의 행위 역시 일종의 분만이며, 내적 충일에서 비롯한 창작 역시 분만이라 하겠습니다. 모르긴 해도 두 성별은 우리의 생각보다 더욱 밀접한 관계를 맺고

---

21 Sehnsucht: 향수, 열망, 갈망 등으로 번역되는 이 단어는
실재하는 고향으로 돌아가고 싶은 마음뿐 아니라 아직
도달하지 못한 것에 대한 고달픈 동경을 뜻하기도 한다.

있습니다. 세상에 커다란 혁신을 가져오기 위해서라면 남녀가 대립하지 말고 온갖 그릇된 마음과 혐오로부터 해방되어, 형제자매이자 이웃이자 인간으로서 모두 단결해야만 하겠습니다. 그럴 때에야 사람들은 비로소 자신들에게 부과된 성이라는 막중한 문제를, 인내심과 순진함을 겸비한 마음으로, 함께 짊어질 것입니다.

하지만 저 많은 사람들이 그 일을 언제 해낼 수 있을지는 알 수 없습니다. 그러나 고독한 사람은 지금부터 그 일에 대비할 수 있을 뿐더러, 일찍이 방황을 끝마친 두 손으로 그 일을 세워 올리기 시작할 수도 있습니다. 그러니 고독을 사랑하시고, 고독이 아름다운 비탄으로 자아내는 고통을 짊어지십시오.. 가까운 이들이 멀게 느껴진다고 말씀하셨는데, 이는 당신 주변이 넓어지기 시작했다는 방증입니다. 만약 당신의 근처가 요원하다면, 그것은 당신의 넓이가 이미 성좌에 다다를만큼 막대해졌음을 뜻합니다. 그러니 누구도 따라올 수 없는 자신만의 성장에 기뻐하십시오. 동시에 뒤에 남은 이들에게는 관대해지고, 그들 앞에서 확고하고 침착하게 행동하십시오. 회의감을 드러내어 괴롭힌다거나, 그들이 이해 못할 확신이나 환희에 찬 모습을 보여 놀래키는 일이 없도록 하십시오. 그들과 당신 사이의 단순하고도 소박한 공통점을 찾아 간직하십시오. 그 공통점은 앞으로 당신이 커다란 변화를 거듭할 때조차 원래 모습 그대로 남겨 놓아도 무방합니다. 또한 다른 사람들에게 주어지는 다른 형태의 삶을 사랑하십시오. 홀로서기가 당신에게는 확신을 가져다줄지라도, 늙어 감에 따라 홀로서기를 점점 두려워하게 되는 사람들을 배려하십시오. 부모와 자식을 팽팽히 맞서게 할 빌미를 제공하여 연극거리가 되는 일이 없도록 하십시오. 그런 일은 자식의 정력을 심히 허비할 뿐만 아니라, 부지불식간에 발휘되면서 마음을 따뜻케 하는 노친의 사랑마저 갉아먹습니다. 그렇다고 노친의 조언을 구하거나 이해를 바라지는 마십시오. 그저 당신을 위해 유산과도 같이 간직된 사랑을 믿으시고, 그 사랑에 깃든 힘과 축복을 확신한다면, 아주 먼 길을 떠나더라도 축복에서 벗어날 일은 없을 것입니다!

직업의 문턱에 들어선 것은 좋은 일입니다. 직업을 통해 당신은 자율적인 사람이 되어 어떤 의미에서든 온전한 독립을 이루게 됩니다. 업무 형태로 인해 내면 깊은 곳의 삶이 제한 받는다고 느낄지 어떨지를 확인하기 전에, 우선 인내하십시오. 제 생각에 직업이란 매우 까다롭고 지난한 것입니다. 왜냐하면 직무가 가져다주는 막대한 인습에 짓눌리게 되는 데다가, 그 직무를 개인적으로 해석하고 받아들일 수 있는 여지는 거의 주어지지 않기 때문입니다. 하지만 당신의 고독은 그런 지난한 환경 속에서도 버팀대이자 보금자리가 되어 줄 것이고, 당신은 그 고독으로부터 앞으로 나아가야 할 모든 길을 찾을 것입니다. 저의 모든 염원과 믿음이 당신을 따르며 함께하고 있습니다.

당신의

라이너 마리아 릴케 드림

프란츠 크사버 카푸스가 라이너 마리아 릴케에게

요제프슈타트, 티미쇼아라

지역의료보험[22], 헝가리

1903년 8월 29일

존경해 마지않는 이여!

저는 7월 16일에 보내 주신 편지와 함께 고독 속으로 들어가야 했습니다. 당시 주변이 너무 시끄러워, 거룩하고 조용한 장소를 찾아 선생님의 말씀을 받아들여야 했기 때문입니다. 선생님께서 제게 건네신 복음서의 소탈한 위대함(혹은 동화 속 왕들의 유복함) 속에는 놀랍고도 깊은 비밀이 담겨 있었습니다. 그것은 너무도 아름답고 장엄했기에, 저는 그 비밀에 가닿기까지 몇 주의 시간을 들여야 했습니다. 최근에는 너무 많은 소음[23]에 다시금 시달렸던지라, 오늘에 이르러서야 이 모든 보물에 감사를 드립니다. 선생님께 가닿을 말이라면 응당 내밀한 고요로부터 솟구쳐야 하며, 또 선생님의 편지가 제게 선사해 준 모든 것에 상응할 가치가 있어야 할 터, 이런 까닭에 오늘

---

22 카푸스의 부친은 티미쇼아라에 커다란 주택을 보유했는데, 당시 의료보험조합이 이 건물에 입주해 있었다.

23 8번 편지의 말미에서 알 수 있듯, 카푸스는 이 시기에 작전 수행을 위해 여러 지역에 파견되었다.

다시 존경하는 선생님께 연락을 드리게 되었습니다.

우선 『오귀스트 로댕』[24]에 감사를 표하고 싶습니다. 저는 이 책에서 무한히 많은 것들을 발견하고, 그 발견들로부터 무한히 많이 배울 수 있었습니다. 마치 예술의 땅으로 이르는 길을 제게 보여 주시기 위해, 오직 그 목적을 위해 이 책을 쓰신 것 같다는 느낌을 받을 정도였습니다. 「칼레 시민」[25] 이야기를 읽을 때는 마치 선생님의 말씀을 직접 경청하고 있다는 생각이 들 정도였고, 「발자크」를 묘사하는 부분을 읽을 때는 조용하고 장엄하게 무르익은 예술 작품 속에 숨겨진 깊이를 한없이 응시하는 듯했습니다. 그러면서 한 가지 생각이 떠올랐습니다. 대개의 예술사가 제공하는 피상적인 설명이 아니라 선생님께서 저 책에 써 주신 것 같은 방식으로, 고대 문명과 기독교가 조형 미술에 기여한 지점 혹은 미켈란젤로 및 뒤러 등의 인물이 창조한 불후의 작품에 대한 가르침을 접할 수 있다면, 그건 얼마나 놀랍고 아름다운 일이겠는가 하는 생각이었습니다.

존경하는 선생님께서 오귀스트 로댕을 그려 낸 것과 같은 방식으로, 다시 말해 놀랄 정도로 아름답게 과거의 걸작을 조명해 주는 책이 있다면 한 권 알려 주셨으면 합니다. 계속해서

---

24 릴케의 저서 『오귀스트 로댕』은 1903년에 출판되었다.
25 로댕의 대표적인 조각 작품 중 하나다. 「발자크」 역시
　　마찬가지다.

자기 자신을 찾고자 하는 저는, 여전히 수 세기 전에 세상을 떠난 위대한 스승들에게서 많은 것을 구하고자 합니다. 허나 그런 시도는 빈번히 쓰디쓴 환멸을 맛보곤 하는데, 이는 받아들일 게 별로 없는, 다시 말해 빈곤한 작품들을 만났기 때문이 아닙니다. 되레 그 작품들이 너무도 위대하고 너무도 영원하고 너무도 장엄하고 너무도 무한했기에, 저는 그것들을 어린 아이마냥 온전히 새로운 시선으로 바라볼 수가 없었던 것입니다. 제 깜냥으로는 책에서 얼마 안 되는 가르침밖에 얻지 못했는데, 심지어 그 약간의 가르침마저도 로그표만큼이나 낯설고 냉랭한 책들로부터 구한 것입니다.

존경하는 선생님, 이제 보내 주신 편지에 관한 이야기로 돌아가겠습니다. 앞서 말씀드린 것 외에 따로 드릴 이야기는 많지 않습니다. 선생님의 편지는 영원한 앎으로 가득하기에, 또한 순수한 바라봄과 이해로 가득하기에, 그 앞에서는 기도를 드리듯 겸손하고 온전한 침묵을 지키게 됩니다. 그러면 많은 것들이 명료해집니다. 이제서야 저 역시 인내의 의미를 알게 되었습니다. 인내를 통해 배운 침묵은 가장 아름다운 시간을 가져다주었고, 그와 동시에 가장 신뢰할 수 있는 벗이 되어 주었으며, 또한 인간에게 가장 값진 재산은 이성이 아님을 알려 주었습니다. 인간에게 가장 값진 것이란 내면 속에 의식할 수 없는 상태로 조용히 도사리다가 어느 날 영혼 표면에 나타나는 것, 언제나 장대하게 존재하다 가차 없이 출현하는 그 무엇이었던 것입니다. 그와 같은 순간, 영혼을 집약한 순간, 인간의 일생이 응축된 듯한 순간 속에는 그 힘과 크기를 온전히 보존한 수천 년의 생이 담겨 있기에, 그런 순간으로부터 도래하는 앎은 일상 중에 얻는 충족보다 더욱 영원하고 더욱 위대합니다. 이전까지 저는 이 사실을 결코 알지 못했습니다. 이 모든 앎을 알려 주셔서 감사합니다.

또한 저는 성에 대해서도 더욱 분명히 알게 되었습니다. 자연이―마찬가지로 자연의 일부인―인간과 인간을 잇는 가교가 되어 준다는 말씀을 접하면서 몇몇 의혹이 해소되었습니다. 그 어느 때보다도 루소의 격언[26]이 크게 와 닿는 듯합니다. 물론 각 세대가 저질러 온 죄가 쌓여 있는 데다가, 이미 부분적으로는 자신의 생활 습관이 되어 버린 것을 고치는 일은 고행에 가까운 자기 수련입니다. 그러나 언젠가 그 길로 접어들게 된다면, 그때 인간은 자신이 성장하고 자유로워짐을 느낄 수 있을 것입니다. 또 이전에는 자신의 일부였던 것들이 갑자기 죄다 뒤에 남겨진 모습을, 작고 추악해져 버린 그것들의 모습을 보게 될 것입니다. 이는 제가 직접 겪어 본 바입니다. 아무쪼록 바라옵건대, 제 영혼의 자각과 성장을 이렇게 어린아이마냥 털어놓더라도 불편치 않으셨으면 좋겠습니다. 제게 가장

---

26 장 자크 루소(1712~1778)는 제네바 출신 철학자로,
    '자연으로 돌아가라'는 말은 그의 사상을 압축한 격언으로
    알려져 있다.

큰 성취를 가능케 해주신 분에게 털어놓지 않는다면, 대체 누구에게 이런 말을 할 수 있겠습니까?

그리고 편지 말미에 해 주신 말씀은 제 영혼에 깊은 인상을 남겼습니다. 실로 금구金口라 불러 마땅하겠지요. 아직 태어나지 않았던 저를 눈이 부신 백주의 대낮으로 이끌어 주고, 그 뒤로도 보답하기 어려울 만큼 커다란 사랑을 내어 준 이들을 어떻게 대해야 하는가? 선생님께서 그 나아갈 길을 알려 주셨습니다. 가까운 이들에게 점점 낯선 존재가 되는 것, 매일 더 낯선 존재가 되는 것, 그것은 끔찍할 정도로 슬픈 일입니다. 하지만 저와 이들 사이에는 선생님께서 말씀하신 '묵묵한 연대'가 있으니, 언젠가 모든 면에서 좋아지리라고 믿습니다. 왜냐하면 그러한 연대란 자기 믿음을 의심치 않는 어린아이의 마음과 별반 다르지 않을 터니 말입니다.

존경하는 선생님, 조금 더 말씀드릴 게 있습니다. 제가 공동 저자로 참여한 책[27]을 한 권 동봉해 드립니다. 사실 지금껏 계속 부탁만 드리고 있지만서도, 이 책과 함께 다시 요청드리

---

27 프란츠 크사버 카푸스, 에트문트 그라이제 폰 홀스테나우
『세피아색 상의를 입고 온 사람들의 인생에 담긴 양기陽氣와
이야기들』, 1903년 빈 출판. 둘은 사관으로 승진한 8월에
이 책을 출판했다. 여덟 장의 삽화가 포함된 이 책은 군대 생활
중에 겪은 재밌는 일화들을 담고 있다. 에트문트 그라이제
폰 홀스테나우(1882~1946)는 이후 장군이 되어 오스트리아
나치당에서 중책을 담당했다.

고 싶은 게 있습니다. 괜찮으시다면 책을 한 번 펼쳐 봐 주실 수 있을런지요. 물론 관심을 가지실 만한 소재는 전혀 아닙니다만, 그래도 보낸 이유를 말씀드리자면, 이렇게 부끄러움을 느낄 뿐 아니라 심지어 부채처럼 여겨지는 작업물을 보여 드리는 일이 저에게는 신뢰와 감사를 뜻하는 행위이기 때문입니다. 보시면 아실 테지요. 유머만 해도 그렇습니다. 그 유머 안에 있는 거라곤 끽해야 전에 선생님께 아이러니뿐이지요. 따라서 이 책 속 모든 것이 제 가장 깊은 내면으로부터 탄생했다고 볼 수는 없으며, 지금으로서는 그럴 능력도 없습니다. 하지만—바로 이 '하지만'이 이 책을 보내드리는 주된 이유입니다—이 책에는 심장에서 나온 피가 한 방울 담겨 있는데, 이 피에서 비극적으로 울려 퍼지는 음색을 들으실 수 있는 유일무이한 존재가 다름 아닌 선생님이십니다. 다시금 감사의 마음을 전하는 바입니다.

이 작품 전체에는 아이러니가 담긴 해학과 모순이 만연합니다. 아마 어떠한 독자도 그 장치들이 보기보다 훨씬 진지하며, 또한 실제 현실을 향한 풍자를 담고 있다는 사실을 거의 눈치채지 못할 것입니다. 하지만 이 작품에 그런 장점이 있다 한들, 근본적으로는 필연에 의해 탄생한 책이 아니다 보니 자꾸 죄책감이 듭니다. 이 책을 쓰는 일은 일종의 해방이었다고 할 수도 있겠으나, 그 원동력은 제 내면이 아니라 외적 정황이었기에 순전한 영적 해방이라 볼 수는 없습니다. 여기서 부탁드리고 싶은 부분이 있습니다. 친애하는 선생님께서는 이런 우발적인 작업들이 보다 나은 예술을 향해 발전하는 과정을 방해한다고 생각하지는 않으시는지요? 또한 이 책과 같은 장르도 순수 문학에 속한다고 보시는지요? 제가 쓴 것은 건전하다고 볼 수 있는 작품도 아닐뿐더러, 같이 실려 있는 친구의 작품과 제 작품 사이에는 깊은 심연이 놓여 있습니다.

존경하는 선생님, 폐를 끼치는 것은 여기서 마치겠습니다.

저는 선생님께 예술 창작이 얼마나 위험한 일인지, 그리고 그 작업을 하려면 무엇을 가지고 있어야 하는지에 대해 많은 가르침을 받았습니다만, 아직 그중에 실천에 옮긴 것은 얼마 되지 않습니다. 하지만 그 약간의 실천은—물론 그 실천이란 시를 말합니다—전적으로 저의 고독과 침묵 속에서 우러나온 것입니다. 그러니 이는 좋은 일일 테지요. 출판사를 찾는 데에는 오랜 시간이 걸릴지도 모르겠습니다. 허락하신다면 가끔 몇 구나마 보내고자 하는데, 이는 작품이 좋은지를 듣기 위해서가 아니라, 저의 성장이 결실을 맺고 있는지, 제가 저만의 길을 가고 있는지를 알기 위함입니다.

존경하는 선생님, 건강하시기를 간절히 기원합니다.

그리고 바라옵건대 저를 잊지 말아 주시기 바랍니다. 제게는 선생님의 온화한 위대함과 친절이 필요하니 말입니다.

변함 없는 감사를 담아

충실한 마음으로

프란츠 카푸스 드림

라이너 마리아 릴케가 프란츠 크사버 카푸스에게

1903년 10월 29일, 로마에서

친애하고 존경하는 이여,

피렌체에서 8월 29일자 편지를 받아 보았는데, 두 달이 지나서야 답을 드립니다. 아무쪼록 나태한 점 혜량해 주시길 바랍니다. 사실 저는 노중路中에 편지를 쓰기가 그리 달갑지 않은데, 편지를 쓰려면 필기구 외에도 필요한 것이 있기 때문입니다. 얼마간의 침묵과 고독, 그리고 너무 낯설지만은 않은 시간이 있어야 하지요.

저희가 로마에 온 것은 6주 쯤 전으로, 그때 로마는 텅 비어 있었습니다. 열병이 창궐했다는 흉흉한 소문이 돌았고, 그 영향으로 집을 구하는 데에도 문제가 생겼습니다. 때문에 저와 제 주변 사람들은 끝없이 불안해했고, 고향 생각과 이 도시의 생경함이 우리 마음을 짓눌렀습니다. 뿐만 아니라 이곳은 (아직 도시를 낯설어하는 이들에게) 처음 며칠간 압도적으로 침울한 인상을 안겨 줍니다. 마치 박물관 같은 도시인 이곳은 활력 없고 우중충한 분위기를 자아내며, 일부러 끄집어 내 힘겹게 붙들어 놓은 과거로 가득합니다(이 과거가 초라한 현재를 먹여 살리고 있습니다). 학자나 문헌학자들이 그런 것들을 향해 열렬한 지지를 보내고 나면, 관습에 물든 이탈리아 여행

자들이 그 뒤를 따릅니다. 학자들의 찬사를 답습한 그들은 형언할 수 없을 정도로 과한 평가를 내립니다. 그런 평가를 받는 것들, 즉 일그러지고 부패한 사물들은 실상 다른 시기 속 다른 삶들이 얼떨결에 남긴 잔재일 뿐입니다. 그러한 삶은 우리의 것이 아닐 뿐더러 우리의 것이 되어서도 안 되는 것이지요. 저는 몇 주 내내 그런 상황에 저항해 왔고, 아직도 조금은 혼란스럽기는 하나, 비로소 다시 돌아온 저 자신을 발견하게 되었습니다. 그런 뒤 이렇게 혼잣말을 했습니다. 로마가 다른 곳에 비해 **특별**히 더 아름답지는 않다, 몇 세대에 걸쳐 장인의 손으로 수선되고 보완된 사물들, 끊임없이 경탄 받는 저 대상들은 아무런 의미도 갖지 않으며, 아무런 것도 되지 못하고, 따라서 어떠한 정신이나 가치도 깃들 수 없다, 라고 말이지요. 하지만 이 도시에는 많은 아름다움이 있는데, 그 아름다움은 여기저기에 널려 있는 것들로부터 옵니다. 끝없는 생명이 넘치는 붉은 고대 수로를 거쳐 이 대도시로 흘러들어, 그중 일부는 수많은 광장의 하얀 석조 수반 위를 뛰놀고, 다른 일부는 넓고 커다란 수조 속에 넓게 퍼져서는 한낮에 살랑이는 소리를 냅니다. 광막한 별밤, 부드러운 바람이 부는 밤이 찾아오면 그 살랑이는 소리가 조금 더 커지곤 합니다. 또한 이곳에는 인상적인 정원들도 있습니다. 그 내부는 잊지 못할 오솔길과 계단으로 가득하지요. 개중 미켈란젤로가 만든 계단은 물이 흘러가는 모습을 본뜬 것으로, 마치 쌓여 가는 파도처럼 만들어진 층계들이 완

만한 단을 이루고 있습니다. 이런 아름다운 인상을 통해, 인간은 온갖 시끌벅적함(정말이지 왜 그리도 소란스러운지!)과 압박에 시달리는 와중에도 자기 자신을 그러모아 되찾게 됩니다. 또한 희귀한 사물들을 천천히 인식할 수도 있게 되지요. 그 사물들 속에는 인간이 사랑할 영원이 있고, 천천히 받아들일 고독이 있습니다.

저는 아직 이 도시의 캄피돌리오 언덕에 사는데, 멀지 않은 곳에는 고대 로마가 남긴 예술품인 마르쿠스 아우렐리우스 기마상이 서 있습니다. 하지만 저는 몇 주 뒤면 조용하고 단출한 집으로 옮기려 합니다. 오래된 발코니가 딸린 그곳은 커다란 공원 깊숙한 곳에 외따로 놓여 있어 도시의 소음과 돌발적인 사건들을 피할 수 있습니다. 그 집에서 겨울 내내 지내며 적막한 고요를 즐기려 합니다. 그러면 참되고 보람찬 시간을 선물로 받을 수 있겠지요…….

그곳에서라면 집 안에서 더 오래 머무를 테니, 그때 좀 더 긴 편지를 보내 드리면서 제게 보내 주신 글에 대해서도 이야기해 보겠습니다. 그 글에 대해 오늘 드릴 말씀이라고는(좀 더 일찍 알리지 못해 외람되오나), 편지에서 알려 주신(직접 쓰신 글도 포함된) 책을 받지 못했다는 사실뿐입니다. 보릅스베데에서 반송된 것은 아닐지? (거기서는 해외로 소포를 보낼 수 없을 테니 말입니다.) 만약 그 경우라면 다행이겠으나, 한번 직접 확인해 보셔야겠습니다. 분실이 아니었으면 좋겠지만, 이탈리아의 우편 상황을 보면 소포를 분실한다 해도 놀랄 일은 아닙니다. 애석한 일이지요.

책이 왔더라면 (당신의 노력이 묻어 있는 다른 모든 것과 마찬가지로) 저는 기쁘게 받았을 겁니다. 그리고 당신이 그동안 쓴 습작 시도 (저를 믿고 보내 주신다면) 읽고 또 읽으면서 정성껏 마음을 담아 감상해 보겠습니다.

아름다운 앞날에 대한 희망과 인사를 담아 보내며.

당신의
라이너 마리아 릴케 드림

프란츠 크사버 카푸스가 라이너 마리아 릴케에게

1903년 11월 28일

헝가리, 포조니[28], 도나우가세 38가

존경해 마지않는 이여!

약 4주 전 로마에서 빈으로 보내 주신 편지를 받고 무척이나 기뻤습니다. 세상에 아직 아름다움과 평화가 남아 있다는 생각이 들었는데, 그 두 가지는 당시 제게 없어서는 안 될 것이었습니다. 감사하게도, 집필하신 책과 더불어 존경하는 선생님의 애정 어린 글귀만이 제 삶의 망중한입니다. 그러니 앞으로도 줄곧 다정함을 잃지 말아 주시기 바랍니다. 비록 과분하다 느낄지언정, 저는 선생님의 관심이 얼마나 귀한 것인지 잘 알고 있습니다. 또 선생님께서 제게 베풀어 주신 사심 없는 우정과 형언할 수 없는 호의가 이 세상에 얼마나 드문 것인지도 나날이 체감하고 있습니다.

최근 몇 달 동안은 외부 사정 탓에 할 일이 너무 많아 제대로 쉴 수도 없었으며, 지금까지도 계속 시달리고 있습니다. 빈에서 별의별 참기 힘든 전통 및 관습을 따라 생활하며 그곳

28 현재는 슬로바키아의 수도로, 브라티슬라바라는 이름으로 불리운다.

정황에 익숙해지기까지 많은 어려움이 있었는데, 그런 와중에 새 부임지인 이곳 대대[29]로 파견되었습니다. 여기에서 저는 한 조직의 일원으로서 제 직무가 감당해야 할 새로운 의무들을 받아들였는데, 그러한 의무 가운데 일부는 너무도 하찮고 시대착오적입니다. 과거를 보전한다는 둥 이런저런 핑계를 대며 옛것만을 추종하는 관습과 엄격한 규율이 남긴 잔재들이지요. 저는 제게 주어진 이 직분 덕에 완전한 자립을 이루었는데, 그게 이 일이 가져다준 유일한 장점입니다. 그밖의 모든 것, 그러니까 직무 방식은 물론이요, 명예·명성·품위 등 가소롭기 그지없는 개념들을 덧두른 장교단의 사회적 위치에 이르기까지, 그 모든 요소들은 제게서 멸시밖에 받지 못합니다. 이 일을 처음 시자할 때의 마음가짐과는 달리, 이제는 저런 의무에 대단한 의미를 부여할 수가 없습니다. 당분간은 제 의지와는 별개로 살게 될 듯합니다. 온전히 얻지도 못한 것을 놓치지 않으려 애쓰는 삶이지요. 하지만 시간이 지나면 변화가 도래하여 저로부터든 타인으로부터든 더욱 자유로워질지도 모르겠습니다.

존경하는 선생님께서 이렇게—오직 한 인간으로서—솔직

---

29 카푸스는 헝가리 제72보병연대의 소위로 배치되었다. 1860년에 결성된 이 전투 부대는 독일인 20%, 마자르인 28%, 슬로바키아인 51%로 구성되었다. 이에 포조니에 지역사령부가 설치되었다.

히 털어놓을 수 있도록 허락해 주셨다니, 참 다행이라 여겨집니다. 그 허락 덕분에 저는 혹시나 제 말이 너무 무의미하게 여겨질까 봐, 또 그것 때문에 선생님의 가없는 배려와 사랑으로부터 멀어져 방황하게 될까 봐 두려워하지 않게 되었습니다. 희곡을 한 편 쓰고자 합니다. 주인공은 장교입니다. 장교단 내부에서 그가 차지하는 입지, 그의 견해나 바람, 소소한 번민 및 크나큰 환멸, 그리고 그가 겪을 여러 일들은 다름 아닌 제게서 비롯할 터입니다. 작품이 완성되면 인쇄하여 10여 부는 저를 위해 남겨 두고, 나머지는 제 희곡이 상연되길 바라며 독일 내 모든 극장에 보내려 합니다. 부디, 제가 겪은 끝없는 고달픔을 많은 이들이 듣고 공감할 수 있었으면 합니다. 이런 저의 결의와 바람이 얼마나 실현될런지, 오직 그 답은 미래에 있을 테지요!

그런데, 제 안에 담긴 이 온갖 소망과 세속적 고통 사이에, 무언가 다른 것이, 저의 영혼을 갉아먹는 어떤 원초적인 힘이 존재합니다. 번개마냥 파괴적인 이 힘은 제 가장 아름다운 망상과 환영을 뚫고 지나갑니다. 그 힘은 바로 '네게 신은 없다'라는 생각입니다. 저는 어머니가 주신 신을 마치 장난감마냥 내던졌고, 이후 제 마음의 왕좌는 그대로 비어 있습니다. 그리하여 저는 무언가 성취한들 누구에게 감사해야 할지 모르고, 가장 아름다운 희망이 수포로 돌아간들 누구의 뜻에 따른 것인지도 모르며, 무언가를 갖고 싶을 때조차 누구에게 기도를 올려야 하는지 알지 못합니다. 또한 매번 푹푹 빠지는 해면을 걷는 듯하고, 매순간 질식할 것만 같고, 시시각각 너무도 외로워져 마치 돌연 죽음이 나를 덮치는 기분에 휩싸이니, 죽을만치 슬픈 이 정황에서 저를 구원해 줄 수 있는 건 오직 광기뿐인 듯합니다. 선생님께는 말씀드릴 수 있겠는데, 저는 2년 반 전에 나쁜 마음을 먹으려 한 적이 두 번 있습니다. 당시 제 감정은 도무지 통제할 수 없었는데, 마치 저 자신이 모종의 입력을 받은 기계라도 된 듯한 느낌이었습니다. 당시 하직의 변과 함께 이상과 삶의 간극에 관해 써 놓은 편지를 다시 펼쳐 보니 측은한 미소가 절로 나옵니다. 그 편지에는 계속해서 '신'이라는 단어가 되풀이되고 있습니다. 열여덟 살의 미숙한 영혼이 가장 심각한 파국 앞에서 토로하는 삶의 권태는 오늘에도 저를 이루 말할 수 없이 슬프게 합니다. 슬프다 못해 아예 상실해 버린 제 유년을 생각하면 눈물이 나올 지경입니다. 제게 유년이란 한없이 암울한 장소입니다. 빛도 바람도 들지 않는 그 내부는 물론, 거기서 생겨난 것들마저 하나같이 다 어둡습니다.

존경하는 선생님, 방금처럼 제 영혼으로부터 말미암은 슬픔을 털어놓는 모습을 보고 불쾌하지 않으셨으면 합니다. 선생님이 아니라면, 이 가장 은밀한 두려움과 답답한 상념을 누구에게 털어놓을 수 있겠습니까?

제가 쓴 시를 보여 드려도 된다고 허락해 주셔서 너무도 감사드립니다. 근작 몇 편을 동봉합니다.

제가 절반을 썼던 그 책을 반송받지는 못했습니다. 어차피 선생님의 시간만 빼앗을 뿐, 아무런 소득도 안겨 드리지 못할 책이기에 오히려 다행이다 싶습니다. 다시는 익살맞은 글은 쓰지 않을 생각입니다.

현재 저는 보릅스베데 화가들의 성장을 무척 아름답게 그려 낸 선생님의 책에서 많은 것을 읽어내고 있습니다. 로댕 때와 마찬가지로, 제가 읽는 모든 것이 점차 제 눈 앞에서 뚜렷한 형태를 이루기 시작하고, 이를 통해 저는 선생님의 예술가적 면모를 목격하게 됩니다. 다시 말해 선생님께서 삶과 그 삶 속의 법칙을 얼마나 잘 파악해 내셨는지, 또 아름다움을 이해하는 데 있어 얼마나 드높은 경지에 도달하셨는지 알게 되는 것입니다. 이렇게 경애하는 선생님에 대한 존경심은 나날이 커져만 가기에, 저는 가능하다면 그 어떤 존재를 향해서건, 무릎이라도 꿇고서, 제 젊음의 모든 열정을 다 바쳐, 간절하게 선생님의 행복과 건강을 기원하는 바입니다.

당신께
감사를 빚진
프란츠 카푸스 드림

라이너 마리아 릴케가 프란츠 크사버 카푸스에게

1903년 12월 23일, 로마, 빌라 슈트롤-페른

친애하는 카푸스 씨,

곧 성탄이기도 하거니와, 축일 동안 짊어지실 고독이 여느 때보다 무거우리라는 생각이 들어, 저로서는 안부를 묻지 않을 수 없습니다. 하지만 고독이 크다는 것을 알았거든 그에 기뻐하십시오. 기실 위대함이 결여된 고독이 대체 어디 있겠습니까(자문해 보시기 바랍니다). 고독의 성질은 오직 하나 뿐입니다. 고독은 위대하고, 따라서 가볍게 짊어질 것이 아니기에, 대부분은 고독을 통속적인 싸구려 연대와 맞바꾸길 원합니다. 품격 떨어지는 아무개를 붙잡고서 소통하는 시늉이라도 하고픈 때를 맞이하지요……. 하지만 그럴 때야말로 고독을 키워낼 시간일지도 모르겠습니다. 본래 성장하는 고독은 성장하는 소년처럼 고통스러워하며, 막 시작된 봄처럼 슬퍼하기 때문이지요. 하지만 그런 감정에 현혹되어서는 안 됩니다. 없어서 아니될 것은 오직 고독, 크나큰 내면의 고독뿐입니다. 자기 안으로 들어가기, 그리고 오랜 시간 누구와도 마주치지 않기. 거기에 도달할 수 있어야 합니다. 어린아이 때와 마찬가지로 고독하십시오. 우리의 어린 시절에, 어른들은 이런저런 일에 얽혀 우왕좌왕했고, 영문을 모르던 우리는 그 분주한 모습이 중요하고 대단한 그 무엇이라고 여겼을 것입니다.

하지만 어느 날 갑자기, 어른들의 용무란 사실 하찮은 것임을 알아차리게 되고, 또한 경직돼 버린 그들의 직업이 더는 삶 자체와 아무런 관련이 없다는 것까지 알아차리게 되었다면, 어째서 다시 어린아이로 돌아가지 않는 겁니까? 자기 세계의 깊음 속으로 들어가서, 그 자체가 하나의 과업이자 지위이자 소명인 자기 고독의 드넓음 속으로 들어가서, 그 안에서 바깥 세상을 낯선 대상처럼 바라보려 하지 않는 이유가 무엇입니까? 어째서 어린아이의 현명한 '이해하지 않기'를 거부나 경멸로 바꾸려 드십니까? '이해하지 않기'는 홀로 있기 위한 수단이지만, 거부와 경멸은 되레 당신이 멀어지려 하는 것과 당신을 엮어 줍니다.

자기 안의 세계를 생각해 보십시오. 유년의 추억이라 이름 짓든, 미래의 수원愁願이라 부르든 상관없습니다. 다만 내면에서 일어나는 일에 주의를 기울이시고, 그것을 주변에서 볼 수 있는 무엇보다 우위에 두십시오. 내면에서 벌어지는 일들은 소중히 여겨 마땅한 것들입니다. 어떤 식으로든 이것을 구하는 일만이 중요할 뿐, 사람들에게 당신의 입장을 설명하는 데 많은 시간과 마음을 소비할 필요는 없습니다. 사실, 누가 당신의 입장을 두고 이러쿵저러쿵 떠들 수 있겠습니까?

하시는 일이 고된 데다가 마음속에 자리한 반감이 크다는 사실을 모르지 않기에, 언젠가 불만을 표하고 한탄하시리라 생각했습니다. 제게는 그러한 한탄을 달래 드릴 도리가 없습니다. 그저 애당초 모든 직업이 매한가지가 아닐까, 세상 모든 직업이 개개인을 향한 비난과 적대감은 물론, 무미건조한 의무를 냉랭하게 따르는 사람들이 내뿜는 증오심으로 꽉 채워져 있지 않은가 생각해 보시기를 조언해 드릴 뿐입니다. 당신이 현재 삶에서 수행해야 하는 직위가 짊어진 짐, 인습과 편견과 오해로 이루어진 그 짐의 무게는 다른 직위들이 짊어진 무게와 비슷합니다. 설령 어쩌다 더 많은 자유를 얻을 수 있는 직위가 있다 한들, 어떠한 경우에도 광대하고 막대한 권한을 유지할 수 있는 직위가 있다 한들, 세상 그 어떤 직위도 진정한 삶을 이루는 위대한 사물들과 관련을 맺지 못합니다. 오직 개인만이, 오직 고독한 자만이 심오한 법칙들 아래에 놓인 사물마냥 존재합니다. 동트는 아침을 향해 나아가거나 사건으로 가득한 밤을 직시하면서 그곳에서 무슨 일이 벌어지는지 느끼게 될 때, 그때 모든 직위는 죽은 자로부터 나가떨어지듯 개인으로부터 나가떨어지고, 그렇게 개인은 삶의 한복판에 홀로 우뚝 설 것입니다. 친애하는 카푸스 씨, 당신은 현존하는 어떤 직업을 접하더라도 장교로서 겪었던 것과 비슷한 감정을 느끼게 되실 테고, 심지어 그 모든 직책에서 벗어나서 이 사회에 종속되지 않고 최소한의 접점만을 유지한다 해도 답답한 느낌을 어쩌지는 못하실 터입니다. 어디를 가더라도 그럴 것입니다. 하지만 그렇다고 해서 두려워하거나 슬퍼할 이유는 없습니다.

사람들과 당신 사이에 아무런 유대가 없다면, 당신을 떠나지 않을 사물을 지척에 두십시오. 숱한 밤도, 나무들을 가로질러 대지 위로 부는 바람도 그대로 있습니다. 사물들과 동물들 사이에는 당신이 동참해도 좋을 사건이 가득합니다. 그리고 아이들, 당신이 어린아이였을 때와 마찬가지로 슬프고도 행복한 아이들이 있습니다. 당신은 자신의 어렸을 때를 떠올리기만 해도 다시금 저 고독한 아이들 사이에서 살아가게 될 것이며, 그때 어른들은 아무런 의미도, 아무런 가치도 지니지 못할 것입니다.

친애하는 카푸스 씨, 한때 당신의 삶 속 도처에 존재하던 신을 더는 믿지 못하게 되었다는 이유로 어린 시절을 떠올리기가 두렵다면, 심지어 어린 시절과 맞닿아 있는 미덕인 소박함과 정적마저 떠올리기 두렵고 고통스럽다면, 한번 자문해 보시기 바랍니다. 정말로 신을 잃어버렸습니까? 그보다는 애초에 단 한 번도 신을 간직해 보지 못했던 게 아닐까요? 대체 신은 언제부터 간직할 수 있을까요? 어른들조차 간신히 버텨 내는 존재를, 심지어 노인이 되어서는 그 무게에 짓눌려 버리기까지 하는 존재를, 그런 신을, 어린아이가 가질 수 있다고 보시는지요? 정녕 신을 간직하게 된 이가 그것을 돌멩이마냥 잃어버릴 수 있다 생각하시는지요? 설령 누군가가 신을 간직하게 되었다 하더라도, 거꾸로 신이 그를 버릴 수도 있다고 생각해 본 적은 없으신가요? 하지만 당신이 자기 어린 시절은 물론

그 이전에도 신이 존재한 적 없었다고 여긴다면, 그리스도는
자신의 근심과 소망에 기만당한 자이며 마호메트는 그 자신의
자부심에 놀아난 인물이라고 믿는다면(그리고 우리가 신을 이
야기하는 지금 이 순간에도 신이 존재하지 않는다는 사실에
공포를 느낀다면), 그렇다면 당신은 대체 어째서 단 한 번도 존
재한 적 없던 신을 과거마냥 그리워하거나 잃어버린 것마냥
찾으려 하시는지요?

　　어째서 당신은 신을 장차 도래하실 분으로, 영원으로부
터 임하실 분으로, 인간이라는 나뭇잎들로 가득한 나무가 빚
어내는 최후의 결실로 생각치 않으시는지요? 연이어 생겨나
는 시간 속에 신의 탄생을 던져 넣음으로써 당신의 삶을 저 아
름다운 수태의 역사 속 하루와 같이—그 고통스럽고도 아름다
운 하루와 같이—살아가지 못하도록 방해하는 게 무엇인가요?
새로이 생겨나고 나타나는 저 모든 것이 각자 하나의 새로운
시작임을, 당신도 알아볼 수 있지 않으신가요? 그처럼 시작이
란 그 자체만으로도 늘 아름다운 것이니, 그 시작들을 곧 그분
의 시작이라 여길 수 있지 않을까요? 만약 신이 완전한 존재라
면, 그는 자기 자신을 점지하기 위해 자신의 완전함에 근접한
풍요를, 넘쳐나는 풍요를 필요로 할 텐데, 그러려면 미천한 자
들이 그에 앞서 존재해야만 하지 않겠습니까? 오직 최후의 존
재만이 그 앞에 존재해 온 삼라만상을 자신 안에 품을 수 있을
터, 우리가 그토록 열망하는 그분이 이미 우리 앞에 존재했었

다면 그게 대체 우리에게 무슨 의미가 있겠습니까?

벌들이 꿀을 모으듯, 우리는 모든 것으로부터 가장 달콤한 부분만을 가져와 그분을 세웁니다. 아무리 하찮거나 눈에 띄지 않는 일이라 해도 (그것이 오직 사랑에서 말미암는다면) 그 일을 통해 우리는 시작할 것입니다. 노동과 그 이후의 휴식에서, 침묵 혹은 소소하고 고독한 기쁨에서, 함께하는 이도 뒤따르는 이도 없이, 홀로 행하는 모든 것에서 우리는 신을 시작할 것입니다. 이때 신이란, 우리의 선조가 우리를 겪을 수 없었듯, 우리가 아직 겪은 바 없는 존재일 것입니다. 하지만 선조들은 오래전 사라졌을지언정, 우리 안에서, 하나의 기반으로서, 우리네 운명에 부과된 짐으로서, 흐르는 피로서, 그리고 시간의 심처에서 솟아오르는 몸짓으로서 존재하고 있지요.

그러니 신의 품 안에 머무르려는, 저 머나먼 궁극의 존재 안에 있으려는 당신의 희망을 앗아갈 수 있는 것이 존재할 수 있겠습니까?

친애하는 카푸스 씨, 다른 무엇도 아닌 시작을 위해, 신이 당신 삶의 불안을 필요로 할지도 모른다는 경건한 마음으로 성탄을 즐기십시오. 당신이 처한 전환의 나날은 어쩌면 당신 안의 모든 것이 그분을 구하는 시간일지 모릅니다. 숨도 쉬지 않고 그분을 구하던 어린 시절처럼 말입니다. 분노하지 말고 견뎌 내시길 바랍니다. 우리가 할 수 있는 최소한의 일이란, 마치 봄이 오려고 할 때 대지가 그 봄에게 해 주는 것처럼, 그

분의 도래를 방해하지 않는 것입니다.

기뻐하고 안심하시길.

당신의
라이너 마리아 릴케

프란츠 크사버 카푸스가 라이너 마리아 릴케에게

1904년 2월 29일

포조니, 도나우가세 38가

존경해 마지않는 이여!

저번 편지에서 제 안녕을 바라는 다정하고도 선한 말씀은 크나큰 행운마냥 저를 새해로 이끌어주었습니다. 존경하는 선생님의 글을 통해 살아가는 데 필요한 용기와 기쁨을 듬뿍 얻고 기운을 차릴 수 있었는데, 이제 와 어찌 감사를 드려야 할지 모르겠습니다. 선생님께서는 저 아름답고 형언불가한 경이들을 오직 저를 위해 내어 주셨는데, 마치 소수의 고독한 이들에게만 주어지는 보화를 제게도 나누어 주신 듯해서 무척 기쁘고 또 힘이 됩니다. 이처럼 선생님의 편지는 제게 가장 소중한, 그 무엇보다도 소중하고 값진 것입니다. 심지어 선생님의 저서보다도 값지지 않나 싶습니다. 저서야 원한다면 누구나 손에 넣을 수 있고, 그 내용에 대해 마음대로 몇 자 끄적이는 것도 누구나 가능하니 말이지요. 고독에 관해 지난번에 해 주신 말씀은 계시처럼 울려 퍼졌습니다. 주변이 드넓게, 너무도 광활히 확장되는 느낌…… 말로 설명하기 어려울 정도입니다.

그 말씀 덕분에 저를 가두고 있던 '온갖 통제된 어리석음'과 '전통에 짓눌린 형식'이 돌연 제가 걸쳐야 할 의복처럼 변했고, 저는 기꺼이 그 옷을 입은 채 사회라 불리우는 군중 사이를 스스럼없이 통과할 수 있게 되었습니다. 그렇게, 이제 저는 매일 오가는 길목을 가로막고 있는 짐들마저 다 기쁘게 받아들입니다. 저는 제 삶의 소중함을 점차 깨달아 가고 있는 중이어서, 고통과 불안을 안겨 주는 마음속 짐들마저 하나의 방편으로 삼게 됩니다. 그 짐들로부터 제가 바라마지 않는 모든 발전이 이루어질 것입니다. 이러한 과정을 통해, 저는 외부의 삶이 더는 범접치 못하는 시간이 도래하기를 꿈꿉니다. 현재로서는 저주를 퍼부을 뿐 벗어날 길이 없어 보여도, 결국에는 제게 은총을 내려 줄 나날을 꿈꾸게 됩니다.

무가치한 일에 최선을 다하는 사람들이란…… 개미와 다를 바 없이 바닥을 기어 다니는 그들의 모습, 세계에 대한 아무런 예감 없이 그저 매일 잃어 가기만 하는 그들의 모습을 보고 있으면 웃음이 절로 나옵니다. 그들은 결국 죽음의 시간이 닥쳐야만 죄다 명료하게 알게 될 텐데, 그게 그들의 합당한 결말일 것입니다. 그때가 오면 더는 아무런 시간도 남지 않을 테니, 변화도 개선도 자아 성찰도 모두 불가능하겠지요.

오, 존경하는 선생님, 저를 반성케 해 주셔서 어찌나 감사한지 모르겠습니다. 아직 저라는 현에서는 울림이 피어오른 적도 없건만, 하마터면 그 현이 생경하고도 냉랭한 자들의 (매한가지로 생경한) 손이 직조해 낸 음험한 피륙에 뒤덮일 뻔했습니다.

찰나가 제 아무리 짧고 순간적일지언정, 그것은 대리석으로 만든 벽마냥 제 안에 우뚝 서 있음을 알고 있습니다. 독자적이지 못한 것은 거기 부딪혀 죄다 산산조각이 나고야 말지요.

짊어진 고독이 무거웠습니다. 지금도 무겁기는 매한가지이며, 앞으로도 그럴 예정입니다. 그럼에도 가끔은 제 고독에 깊이가 부족하지는 않은지, 아직 충분치 못한 것은 아닌지 번민합니다. 왜냐하면 여전히 이 세계로부터 벗어나고 싶다는 욕망 따위가 느껴지기 때문입니다. 그럴 때면 저는 사랑을 찾아 나섰고, 그 사랑에서 비롯한 평온함을, 헤아릴 수 없는 거룩함을 얻고자 하였습니다. 이런 과정에서 소네트 한 편이 완성되었는데, 괜찮으시다면 옮겨 보고자 합니다.

내 삶을 가로지르는 흔들림이여, 탄식도
한탄도 없는 깊은 어둠일지라.
순수하게 피어나는 눈송이 꿈에 그리니
적요로운 나의 나날을 축성함이라.

거대한 질문은 그럼에도 수 차례
가는 길 막아서고, 한껏 작아진 나는
감히 측량키 어려운 호수가 건듯
냉담히 지나쳐 갈 뿐이니.

내 위로 가라앉는 번민의 어스름이여,
─이따금─고독한 별이 내비추는
광채 없는 여름 밤의 회색 같아라.

나의 두 손 사랑을 향해 더듬거리니,
올리는 기도가 소리를 바람이어라,
뜨거운 입으로는 내뱉지 못함이어라……

선생님께 질문을 드리고 싶습니다. 고독의 여정에 사랑이 들어선다면, 도무지 가늠하지 못할 돌개바람과도 같은 사랑에 모든 것이 바뀔 수 있는 상황에 놓인다면, 그때는 어떻게 해야 할지 궁금합니다. 사랑할 때조차 저마다 자신의 고독을 짊어져야 할지요? 결국, 상대와 나눌 것이라고는 그저 상대 역시 나와 같은 고독을 지니고 있다는 공감대 뿐일런지요? 아니면 '서로를 사랑함'이란 하나의 고독을 둘이서 짊어지고, 그렇게 두 배로 불어난 힘을 자각하며 행복을, 뭐라 말할 수 없는 안정감과 강인함을 느끼는 일일는지요?

지금까지 여러 소녀와 여성을 만나 왔습니다만, 저는 아직 제가 그리는 방식대로 남김없이, 씁쓸해하거나 반성하는 법 없이 사랑을 해 본 적이 없습니다. 그러기엔 제가 아직 너무 어리거나…… 아니면 너무 늙었나 봅니다. 제가 어린아이였을 때…… 그때 저는 한 여인을 알게 되면서 사랑 때문에 목숨을 앗을 수도 있겠다는 생각을 하게 되었습니다. 하지만 너무도 까마득한 옛날이기에, 이제는 꿈만 같습니다. 결코 잊지 못할 것 같은, 그런 꿈이지만 말입니다.

존경하는 선생님, 혹여 저로 인해 지루해지셨다면 용서해 주시기 바랍니다. 아무래도 저는 제가 실제보다 더 재미있는 사람이라고 여겼던 것 같습니다. 하지만 오직 선생님께만 제 모든 것을 진솔하게 말씀드릴 수 있기에, 오직 선생님만이 제 소소한 기쁨과 고통과 희망과 소원에 진심으로 공감해 주실 분임을 알기에, 이런 점을 생각해 너그럽게 봐 주신다면 제 입을 봉하지는 않으실 테지요.

또한 이제야 안부를 여쭙게 되어 죄송합니다. 허나 제가 보낸 밤들과 적요의 시간들은 제가 얼마나 간절히 선생님의 행복과 건강을 바라는지 알고 있을 것입니다! 이런 마음이 어떻게든 전해진다면 좋으련만!

그리고 바라옵건대, 길고도 길었던 겨울을 어찌 보내셨나 말씀해 주시길 바라는 저를 너무 어리석게 여기지 말아 주셨으면 합니다. 지지난 편지에서 말씀하신 고즈넉한 별장에 머물고 계실 당신께서 예의 '즐거운 결실의 시간'을 찾아내셨을지 궁금한데, 이는 단순한 호기심에서 비롯된 문제는 아니니 말입니다.

몇 달 후 빈으로 돌아갈 계획입니다. 제가 조직에 간청한 결과입니다. 제 삶에는 보다 많은 기쁨과 즐거움이, 다시 말해 우리보다 앞서 존재한 불멸의 거장들이 만들어 낸 기쁨과 즐거움이 필요하다는 생각이 들어 그런 요청을 하게 되었습니다.

존경하는 선생님, 시간이 허락한다면 친절하고 은혜로운 조언으로 다시 저를 기쁘게 해 주셨으면 좋겠습니다. 저는 선생님께서 앞으로도 계속 베풀어 주실 자비를 통해 한없이 복되고 즐거운 이가 되고자 합니다.

전적인 신뢰로
프란츠 카푸스 드림.

라이너 마리아 릴케가 프란츠 크사버 카푸스에게

1904년 5월 14일, 로마

친애하는 카푸스 씨,

지난 편지를 받은 이래 너무도 많은 시간이 흘렀습니다. 원망치 말아 주시길 바랍니다. 우선 일에 허덕였고, 그 다음엔 번잡한 잡무가 들이닥쳐 결국 심신에 무리가 왔고, 그러다 보니 (제 딴에는) 고요한 길일이 오면 답장을 써야겠다 마음먹었으나, 번번이 때를 놓치고야 말았습니다. 이제야 조금 나아진 듯해 (심술궂고 변덕스러운 초봄은 여기서도 지독했습니다) 이렇게 친애하는 카푸스 씨께 안부를 전하고, 제가 아는 한에서 지난 편지에 대해 몇 가지 말씀을 드리고자 합니다.

보시다시피 보내 주신 소네트를 베껴 써 보았는데, 다름 아니라 작품이 아름답고 소박할뿐더러, 그 형태에서도 고요함과 품격이 느껴졌기 때문입니다. 여태까지의 시들 중 가히 으뜸입니다. 이 필사본을 당신께 보내 드립니다. 왜냐하면 낯선 이의 필체로 자신의 작업을 다시 보는 건 매우 중요한 과정이고, 동시에 무척 새로운 경험이기도 하기 때문입니다. 한번 이 시를 온전히 낯선 것인 양 읽어 보십시오. 그러면 그것이 진정 당신의 작품이라는 사실을 내면 깊은 곳에서부터 느끼게 될 겁니다.

종종 당신의 소네트와 편지를 읽어 보는 일이 저에게는 커다란 즐거움이었습니다. 이 두 과업에 감사드리는 바입니다.

당신이 고독에 잠겨 있을 때, 당신 안에 자리한 무언가가 고독 바깥으로 빠져나오길 바란다 해서 당황하면 안 됩니다. 조용하고도 침착하게, 그러한 바람을 일종의 도구로 다룰 수 있게 되면, 그 도구는 당신의 고독을 광막한 대지 위로 펼쳐 내는 데 도움이 될 것입니다. 사람들은 (인습에 힘입어) 모든 것을 용이한 방면으로, 그중에서도 가장 용이한 방면으로만 해결해 왔습니다. 하지만 우리는 용이함이 아니라 막중함에 우리의 근거를 두어야 합니다. 여기에는 의심할 여지가 없습니다. 생명을 지닌 것은 모두 시련에 준거하고 있습니다. 자연에서 생겨난 그것들은 저마다의 방법으로 자신을 보호하며, 이 과정을 통해 스스로 독자적인 존재가 됩니다. 어떠한 대가를 치르더라도, 그 어떤 저항을 받더라도, 그것들은 자신이 획득한 독자성을 지키고자 애씁니다. 우리가 세상을 많이 알지는 못합니다만, 우리가 그러한 막중함에 근거를 두어야 한다는 것만큼은 확신하는 바입니다. 이러한 확신이 우리를 저버리지는 않을 것입니다. 고독이란 좋은 일입니다. 막중하기 때문이지요. 어떤 일이 막중하다면, 그 막중함은 분명 우리가 그 일을 행할 또 하나의 이유가 되어 줄 것입니다.
사랑 또한 좋은 일입니다. 막중하기 때문이지요. 사람이 사람을 사랑하기란, 모르긴 해도 우리에게 주어진 막중함의 극치입니다. 그것은 최후의 시련이자 시험이며 과제이고, 따라서 그 외 다른 모든 과제란 사랑을 위한 준비 작업에 지나지 않습니다. 그러므로 모든 면에서 초심자인 젊은이들은 아직 사랑할 능력을 갖지 못합니다. 배워야 하지요. 고독과 불안 속에서, 저 높은 곳을 향해 치닫는 심장에 의식을 집중하고, 온 존재를 걸고, 전심전력으로, 사랑을 배워야 합니다. 허나 배움의 시기는 오랜 고립의 시기이며, 따라서 사랑이란 오래도록 자기 안으로 깊숙이 파고드는 일인 것…… 이는 사랑하는 자에게 주어지는 고독입니다. 보다 높고 깊어진 홀로서기입니다. 사랑은 자기 안에서 터져나온 무언가를 내바치면서 상대방과 하나가 되는 일을 뜻하지 않습니다(아직 깨치지도 준비되지도 못 했을뿐더러, 여전히 이것저것에 종속된 자와의 합일이 무슨 의미가 있겠습니까?). 사랑은 하나의 숭고한 계기입니다. 사랑은 각 개인을 무르익게 하고, 그의 내면을 다른 무엇으로, 하나의 세계로, 저 자신을 위해 상대를 이롭게 하는 세계로 만듭니다. 이처럼 사랑이란 인간 개인을 향한 커다랗다 못해 터무니없는 요구로, 우리는 그에 이끌려 광막함 속으로 나아가게 됩니다. 젊은이들이 자신에게 주어지는 사랑을 사용할 방법은 오직 이뿐이라 하겠습니다. 하나의 과제로서, 자기 단련의 의미에서 ("밤낮으로 경청하고 망치를 두드림으로써"[31]) 말입니다. 터져나옴이나 헌신 같은 것들, 그 모든 종류의 유대는 젊은이들에게 주어진 것이 아니라(그들은 앞으로 오래, 오래도록 더 비축하고 그러모아야 합니다) 가장 마지막에 가닿게 되는 것입니다. 심지어 인간의 삶이 그 끝까지 다다른 적은 한 번도 없었을지도 모릅니다.

바로 그 점에서 젊은이들은 너무도 자주, 너무 막중한 과오를 저지르고 있습니다. 사랑이 도래할 때, 그들은 (본디 참을성이라곤 없어) 서로에게 몸을 내던지고, 자신을 흩뜨립니다. 정말이지 질서정연과는 거리가 먼 모습이지요. 혼란 속에서 허우적거리는 꼴이니…… 그런 다음엔 무엇이 남겠습니까? 자기들 좋을 대로 유대라고 부르는, 심지어 행복이나 미래라고까지 부르고 싶어 하는 이 반쯤 부서진 것들이 뭉텅이로 쌓여 있는데, 그 앞에서 삶이 대체 무엇을 할 수 있겠습니까? 그런 상태에서는 상대를 이롭게 한다는 이유로 저 자신을 잃어버릴 뿐더러, 눈앞의 상대는 물론이고 뒤이어 올 수많은 인연들마저 잃게 됩니다. 또한 자기 안에 있던 광활함과 가능성 역시 잃어버리게 되고, 예감으로 충만한 여러 사물을 서서히 받아들였다가 떠나보내는 일도 겪지 못하게 됩니다. 대신에 더는 무엇도 도래하지 못할, 아무런 결실도 없지 못할 곤혹만이 자리

30 릴케의 로댕론(1902)에 따르면, 예술의 발전을 위해 인간 육체를 단련해야 한다는 발상은 고대 때부터 있어 왔다. '이천 년도 더 넘게, 삶은 인간을 두 손에 쥔 채 그 육체를 단련코자 밤낮으로 귀를 기울이고 망치를 두드렸다.'

잡게 되지요. 이때 남겨지는 것이라고는 약간의 욕지기와 환멸 그리고 빈곤뿐이니, 결국 그는 위험한 도정에서 벗어나 수많은 인습 가운데 하나로, 주변에 설치된 숱한 공동 대피소 중 하나로 피신하게 됩니다. 사람이 겪게 되는 여러 경험의 영역 가운데 사랑만큼 인습이 득실거리는 곳은 없습니다. 사람을 구한답시고 고안해 낸 구명용 띠, 구명 보트, 구명 튜브 따위의 온갖 발명품이 그 안에 드글댑니다. 이렇게 온갖 방식의 도피를 고안해 낸 존재는 바로 삶을 한낱 유흥거리로 치부하려는 사회적 통념입니다. 이 통념은 삶을 값싸고 가벼운 것으로, 위험이 없는 안전한 것으로, 일종의 공공 오락으로 꾸며내고자 했던 것입니다.

물론 많은 젊은이들은 잘못된 방식으로, 즉 가벼이 몸을 내던지고 고독 없이 사랑을 행하며 저지른 과오의 압박을 느끼긴 합니다(거기서 벗어날 생각을 하는 경우는 드뭅니다만). 또한 자신들이 어떠한 상황에 처해 있더라도, 자신들만의 독자적이고 개별적인 방식으로 그 삶을 영위하고 결실을 맺기를 바라 마지않습니다. 왜냐하면 그들의 천성이 이렇게 속삭여 주기 때문입니다. 사랑의 문제는 여러 중대한 문제들 중에서도 유독 이런저런 합의나 공적인 방식으로 해결되기 어렵다고, 사랑은 저마다 자신만의 새롭고 특별한 해답만을 필요로 하는 개인과 개인을 연결해 놓은 것이라고, 따라서 그것은 실로 내밀한 사안이라고 말이지요. 하지만 이미 한데 몸을 내던져 더는 구별도 구분도 할 수 없게 된 이들이, 결국 앞으로 어떠한 독자성도 가지지 못할 이들이, 어떻게 자기 자신에게서, 고독은 이미 저 아래에 다 파묻혀 버렸는데, 어떻게 거기서 출구를 발견할 수 있겠습니까?

그들의 행위는 아무 도움도 되지 않는 이런저런 관계에서 비롯합니다. 따라서 자신들이 자각한 (이를테면 결혼 같은) 인습에서 벗어나려 할 때조차, 결국엔 조금 덜 소란스러울 뿐 치명적이기는 매한가지인 인습적 해법에, 그것이 내뻗는 촉수에 걸려들고야 맙니다. 사방이 온통 인습으로 가득 차 있기 때문이지요. 일찍이 여럿이 한데로 몰려든 곳, 혼탁한 유대가 이루어지는 곳에서는 그 모든 행위가 인습적일 수밖에 없습니다. 이처럼 사람을 혼란으로 이끄는 관계들은 죄다—그것이 비록 관습적이지(일반적 의미에서 도덕적이지) 않다 할지라도—인습을 품고 있기 마련입니다. 그런 상황에서는 이별조차 인습적인 행위에 불과할지도 모릅니다. 아무런 우려도 없이 어쩌다 내리게 되는, 무력하고도 몰개성적인 결정일 테니까요.

진득히 들여다보는 자라면 알게 될지니, 막중한 사랑은 막중한 죽음과 마찬가지로 아무런 답도 해설도 알려주지 않으며, 심지어 그것을 좇을 단서나 방법조차 알려 주지 않습니다. 그러니 거의 모든 사람은 열어 보지도 못하고 봉인된 채 갖고 다니다 넘겨주고야 마는 이 두 가지 과제는, 죽음과 사랑은, 합의에 의거한 공통 규칙으로는 결코 규명되지 못할 것입니다. 그러나 만약 우리가 개인으로서의 삶을 도모한다면, 우리는 이 위대한 과제들을 혼자된 인간으로서, 더욱 가까이서 마주하게 될 것입니다. 사랑이라는 막중한 과제는 우리에게 발전을 요구하는데, 그 발전 수준은 우리 삶을 넘어설 정도로 막대합니다. 그래서 초심자는 그 요구에 부응할 수 없습니다. 그러나 설령 초심자라 하더라도, 사랑을 참고 견디며 짊어져야 할 짐이나 배움으로 받아들인다면, 자기 존재의 가장 진지한 면모로부터 벗어나 쉽고 가벼운 장난질 뒤로 숨어 버림으로써 자신을 잃어버리지만 않는다면…… 언젠가 우리보다 한참 뒤에 올 사람들은 약간의 발전과 가벼워짐을 느낄 수 있겠지요. 그것만 해도 대단한 업적이겠습니다.

우리는 이제야 한 개인이 다른 사람과 맺는 관계를 편견 없이, 사실대로 바라볼 수 있게 되었습니다. 자기 삶 속에서 그러한 관계를 영위하려는 시도 앞에서는 어떠한 본보기도 존재하지 않습니다. 하지만 시대가 변해감에 따라, 머뭇거리고 있는 우리 초심자들을 도우려는 몇몇 움직임이 생겨났습니다.

독자적이고도 새로운 전개를 도모하고 있는 소녀와 아낙네들은 우선 일시적으로 남성적 관습(좋은 관습과 나쁜 관습 모두)을 모방하고 남성들의 소명을 답습할 것입니다. 그러나 이 불안정한 과도기가 지나고 나면, 여성들은 그토록 자신과 맞지 않는 (가끔은 우스꽝스럽기까지한) 옷들을 그토록 수없이 걸쳐 왔던 이유를 알아차리게 될 것입니다. 그들은 다른 성

별로부터 주어지는 일그러진 영향력을 정화함으로써 여성 자신이라는 독자적 존재를 구축하려 할 것입니다. 여성들은 생을 보다 직접적이고 보다 생산적이고 보다 확실하게 품어내는 존재이기에, 그들은 분명 경박한 남성들보다 근본적으로 성숙한 인간이 될 것이고, 인간적인 인간이 될 것입니다. 반면에 출산의 막중함을 겪을 일 없어 생의 표면 아래로 내려가 본 적이 없는 사내들은 오만하고 경솔하기 그지없지요. 그들은 자신이 누군가를 사랑한다는 생각조차 평가절하하기 일쑤입니다. 이런 고통과 굴욕 속에서 여성들이 간직해 온 인간다움은 그들의 외적 지위가 변하고 나서야, 즉 '단지-여자다움'이라는 인습을 내던지고 나서야 비로소 빛을 보게 될 것이며, 그런 날이 올 줄 모르던 남성네들은 그때 아연하여 실색할 것입니다. 언젠가는 (특히 북쪽 나라들[31]에서는 이미 몇몇 신뢰할 만한 징조들이 이를 알리고 또 조명하고 있습니다만) 소녀와 여성이라는 명칭이 더는 남자다움의 반대만을 뜻하는 게 아니라 그 자체로 의미 있는 것으로 여겨질 것입니다. 다른 무언가를 보완하거나 한정하는 도구적 존재가 아니라 오직 그 자신의 생과 존재를 가리키는…… 바로 그것이 인간으로서의 여성일 것입

---

31 릴케는 로마에서 덴마크의 작가 부부인 헬게
로데(1870~1937) 및 에디트 네벨롱(1879~1956)과
친해졌고, 이 편지를 쓸 당시에는 덴마크와 스웨덴을 여행할
계획을 세우며 그곳에 관한 책들을 읽고 있었다.

니다.

　이러한 발전은 현재 오류로 가득 차 있는 사랑의 체험을 뒤바꾸어(이들에게 추월당한 남정네들은 이 변화에 반대하겠지만) 보다 근본적인 수준의 변화를 일으키고, 이를 통해 남성 대 여성이라는 관계는 인간 대 인간이라는 관계로 재정립될 것입니다. 그리고 이러한 사랑은 (만남에 있어서도 이별에 있어서도 무한히 사려 깊은 이 사랑은, 천천히, 선하고도 자명한 방식으로 행해지니) 우리들이 온 힘을 다해 애써 준비해야 할 바로 그 사랑의 형태를 이룰 것입니다. 그 안에서 두 고독은 서로가 서로를 아끼고, 서로의 경계를 분명히 해 나가며 서로를 환영할 것입니다.

　그리고 하나 더, 어린 시절 그 어느 때에 당신께 주어졌던 크나큰 사랑이 소실되었단 생각은 마십시오. 오늘의 당신에게 계속 살아갈 이유를 안겨 주는 훌륭하고도 위대한 의도와 바람이 있을 터인데, 그 예전에는 그것이 당신 안에서 미처 무르익지 않았을 수도 있지 않겠습니까? 그렇지 않다고 확언하실 수 있으십니까? 저는 그 지난 사랑이 당신의 기억 속에 매우 힘차고 강렬한 상태로 남아 있으리라 생각합니다. 왜냐하면 그 사랑은 당신이 자기 깊숙한 곳에서 시작한 첫 홀로서기였으며, 또한 당신이 당신 삶에 행한 최초의 내적 작업이기 때문입니다……. 친애하는 카푸스 씨, 당신의 모든 소원이 이루어지기를 바랍니다!

당신의

라이너 마리아 릴케

• 이 편지에는 릴케가 필사한 카푸스의 시가 동봉돼 있었다.

프란츠 크사버 카푸스가 라이너 마리아 릴케에게

1904년 7월 14일, 포조니

존경해 마지않는 이여!

최근에 보내 주신 선생님의 소중한 편지를 받은 후, 만일 제가 곧장 답장을 부칠 수 있는 상황이었더라면 어땠을까 생각해 봅니다. 그러면 제가 보내 드릴 감사도 지금보다 한결 더 솔직하고 따뜻하지 않았을까 싶습니다. 하지만 친애하는 릴케 선생님, 당신께서 지난번에 해 주신 말씀은 이런저런 사람들이 선의로 보내오는 서면들에 비해 한없이 소중한 것이었음을 믿어 주시기 바랍니다.

바로 그날만 봐도 그렇습니다. 그날은 제 스물한 번째 생일이었고[32], 많은 주위 사람들이 다정한 필설로 축하해 주었습니다. 그러나 그들의 진부한 언변과 축하 표현은 제게 와 닿기는커녕 지척에도 이르지 못해 너무도 슬펐습니다. 그리고 그 우울한 저녁, 선생님의 담담한 온정을 한껏 느낄 수 있는 인사를 서면으로 전해 받았습니다. 이루 말할 수 없을 정도로 행복하고 따뜻하고 기뻤습니다. 선생님의 문장을 몇 번이나 곱씹어 읽었는지는 오직 신만이 아실 테지요. 선생님의 친절이 제

---

32 카푸스는 1883년 5월 17일생이다.

게 얼마나 과분한지 알아갈수록 제 감사는 커져만 갑니다. 언젠가는 이를 직접 말씀드릴 수 있기를 바랍니다.

무엇보다도 제 시에 호의를 보여 주셔서 행복했습니다. 무언가는 될 것 같은 놈, 무언가는 할 수 있는 놈이라는 얘기를 선생님께 듣고 싶었습니다. 경애하는 릴케 선생님, 당신은 제게 딱 들어맞는 옳은 길을 알려 주시는 유일한 존재이십니다. 최근 몇 달간 다시 한없이 위축되고 소심해져 아무 자신감도 갖지 못했던 저는 선생님의 말씀을 선선한 이슬을 바라는 꽃마냥 빨아들여야 했습니다.

아, 지난 얼마 동안은 툭하면, 틈만 나면 선생님이 계신 곳으로 도망가고 싶었습니다. 어떤 대가를 치르든 탈출해서 마음이 가는 누군가에게로 떠나고 싶은 시간이 몇 번이나 있었지요. 하지만 그런 마음이 들면 저는 더욱 신중하고 침착해졌습니다. 지나갈 슬픔과 절망을 하소연할 권리 같은 건 존재하지 않는다고, (어떤 경우에든) 홀로 묵묵히 짊어져야 할 것들을 굳이 말로 쏟아내어 번잡스러운 모양으로 일그러뜨릴 권리 같은 건 존재치 않는다고 되뇌었습니다. 그러면 결국 지나가더군요. 저는 그리 지나갈 것을 이미 알고 있었습니다. 물론 그로 인해 다시금 속이 뒤틀렸지만 말입니다.

고독으로 인해 저는 한없이, 너무도 괴롭습니다. 고독을 함부로 여기지는 않습니다. 되레 매우 사랑하고 있습니다. 하지만 이 고독에는 몇 가지 이해할 수 없는 면이 있습니다. 그런 부분들과 마주치면 기력도 지성도 사라져, 온전히 무력한 기분에 젖고 맙니다. 그럴 때면 언제나 슬퍼집니다. 죽고 싶어질 정도로 말입니다. 그럴 때면 빈에서의 하룻밤이 떠오르곤 합니다. 그 기억 속의 저는 한 소녀를, 연심을 품던 17살의 처자를 만나 이야기를 나누려 합니다. 하지만 모종의 이유로 그 바람은 이루어질 수 없습니다. 그렇게 끝났다는 생각에, 저는 거의 체념한 상태입니다. 그때 갑자기, 도시 한복판에서, 정신 없는 굉음과 혼잡 속에서, 평생 잊지 못할 어떤 슬픔 하나가 저를 덮쳤습니다. 저는 곧장 집으로 돌아왔고, 그렇게 빈에 도착하자마자 울기 시작했고(더 정확히는 제 안에서 울음이 터져나왔고), 그렇게 아이마냥 목메어 울었습니다. 지금에 와서도 정확한 영문은 알 수 없습니다. 하지만 그때 그토록 망연자실하게 바라보던 책상 위 청동 시계를 다시금 보고 있자니, 아득한 슬픔과 함께 떠올랐던 모든 것이 되돌아오는 것만 같습니다.

이건 어쩌면 병이 아닌가 싶습니다.

두 번째로는 불안이 저를 괴롭힙니다.

불안이 무언가를 좇아 손을 뻗치는데, 제가 돕지 않아도 자기 혼자 움직입니다. 불안은 낮 동안 제 곁에 머물러 있고, 밤이 온들 제 옆을 떠나지 않습니다. 불안은 모든 것을 바라다가도 막상 그것을 손에 쥐면 장난감마냥 내팽개치고, 다시 새로운 감각들을 찾아 나섭니다.

그 끝이 어떨지는 오직 신만이 아시겠지요.

친절하신 선생님께서는 제게 사랑에 관한 경이로운 이야기를 들려주셨습니다. 어찌나 경이로운 말씀이었는지, 제 모습이 너무나도 부끄럽고 수치스러워 어디론가 사라져 버리고 싶었습니다. 얼마 전까지만 해도 저는 금수마냥 사랑을 영위하며 살았습니다. 참을성도 안정감도 없는 맹렬함에 휩싸여 모든 것을 서둘러 해치우고 싶었고, 사랑 역시 그 안에서 향락만을 찾아 내 그 안에서 뛰놀았습니다. 하루 이틀 된 이야기는 아닙니다. '스스로를 무디게' 만들고 '죄다 잊고자' 내린 결정이었지요. 하지만 그러던 중에 하마터면 저 자신을 잃어버릴 뻔했습니다. 뿐만 아니라 그런 흐름 속에 잠겨 있던 유년기가 제게 좋지 못한 영향을 준 것도 사실입니다. 몹쓸 타락과 도착에 둘러싸여 도무지 벗어날 수가 없었지요. 저를 놔주지 않으려는 그 욕망들을 떨쳐내고자 온 힘을 다해야만 했습니다. 그리하여 결국 빠져나올 수는 있었습니다. 하지만 그러고 나서는 무언가 대단한 일이라도 이룬 것 같은 느낌에 지배당해 버렸지요. 이미 지쳐 버린 듯한 느낌이 드는데, 그건 제 나이를 생각하면 너무도 애석하고 암울한 일이 아닐 수 없습니다.

그리하여 저는 삶을 뜯어고쳐야 했습니다. 뒤늦은 깨달음에 힘입어 새로운 형태를 만들어야 했습니다. 다시금 많은 노력을 기울여야 했습니다. 그럼에도 정신을 차리고 보니 처음 생각과는 전혀 다른 결과가 나와 있더군요. 승자로 남는 것, 그 일은 점점 쉽게 느껴지기는커녕 더 어려워지기만 합니다. 아마도 갈수록 목표가 더 높아져서 그렇겠지요.
　들어주셨으면 하는 것이 있습니다:

욕망

　나 소년이었고, 욕망은 농익어
　귓가에 약속을 속삭여 주었네.
　깊은 어둠 속 잠에서 깨어나
　한 세계가 빛을 향해 올랐네.

　열에 들뜬 나 작은 손을 뻗었고
　성인도 겨운 열화의 꽃 쥐었네.
　앳되어 들어간 농염의 과수원
　낯선 향락만이 나를 둘렀네.

　나 오래도록 욕망에 휘둘렸고,
　숨막힌 입맞춤에 오래 괴로웠네.
　허나 나 이제 웃으며 물리치니,
　방자한 욕망도 머리를 못 드네.

고독으로 인한 고통, 오늘날 제가 겪고 있는 그것은 어쩌면 제
가 어린 시절에 겪었던 때아닌 경험 때문인지도 모르겠다는

생각이 들기도 합니다. 어쩌면 그때 그 경험이 제게 앙갚음을 하는 게 아닐까, 그래서 형언할 수 없을 정도로 무거워진 고독을 짊어지게 되지 않았나, 그런 생각입니다. 다시 말해 저는 어린 시절 너무 일찍 멋대로 고독을 거부하고, 그 고독 대신 겉만 번지르르한 것들을 바라 왔던 것입니다. 하지만 그런 것들은 성년의 삶을 이루 말할 수 없을 정도로 비참하고 힘겹게 만들 뿐이었지요.

존경해 마지않는 선생님께 더는 이런 변변찮은 이야기를 늘어놓고 싶지는 않습니다. 제 과오를 용서해 주시기 바랍니다.

과분할 정도로 친절하고 호의적인 선생님의 글에 대한 제 진심 어린 마음을 다시금 받아 주셨으면 합니다. 또한 선생님의 저서며 편지 없이는 너무도 궁색해질 제 삶을 혜량 바랍니다.

부디 건강하시길 바라며.

당신께
너무도 감사를 빚진
프란츠 카푸스 드림

추신: 제 현재 주소는 이달 말까지만 유효합니다. 이후엔

포조니의 군 병원 병사로 연락 주시기 바랍니다. 이후 몇 달간은 대규모 군사 훈련으로 인해 고정된 숙소가 없으리라 사료됩니다. 말씀드린 병사로부터 매번 전달받게 될 것입니다.

라이너 마리아 릴케가 프란츠 크사버 카푸스에게

1904년 8월 12일, 스웨덴, 플레디, 보르게비 농원[33]에서

친애하는 카푸스 씨, 도움이 되기는커녕 거의 쓸모없는 말이 될 듯하나, 잠시나마 이야기를 드리고자 합니다. 너무도 막대하고 잦은 슬픔이 찾아들었으며, 또 지나갔다고 말씀하셨죠. 쉽지 않은 일이었다고, 그래서 속이 뒤틀렸다고도 얘기하셨고요. 그러나 부디 생각해 보시길 바랍니다. 그 막대한 슬픔이 당신을 지나간 게 아니라 당신의 한복판을 꿰뚫고 나아가지는 않았는지요? 그런 가운데 당신 안의 많은 것이 바뀌진 않았는지요? 당신이 슬픔에 빠진 사이 당신 존재의 어느 한 부분이 변하진 않았는지요? 위험하고 그릇된 슬픔이란 오직 하나뿐, 바로 사람들 사이에 자리 잡고 그들의 목소리를 집어삼키도록 만드는 슬픔뿐입니다. 그런 슬픔은 마치 겉핥기 식의 어설픈 처치만 받았다가 곧 더 끔찍한 방식으로 재발하는 질병과도 같습니다. 이 질병 같은 슬픔은 인간 내부에서 하나로 응축됩니다. 영위되지 못한 삶, 받아들여지지 않은 삶, 상실된 삶, 그

33 릴케는 엘렌 케이Ellen Key의 소개로 한나 라르손Hanna
   Larsson과 화가 에른스트 노를린트Ernst Norlind를 알게
   되었고, 이들에게서 초대를 받아 1904년 6월부터 9월까지
   스웨덴 스코네주에 위치한 농원에 머물렀다.

로 인해 죽음까지 다다를 삶. 만일 우리가 앎의 영역보다 더 먼 곳을 바라볼 수 있다면, 우리의 예감이 둘러쳐 놓은 장벽을 조금이라도 넘어설 수 있다면, 그렇다면 보다 큰 믿음 속에서 기쁨이 아닌 슬픔을 짊어질 수 있을지도 모르겠습니다. 무언가 새로운, 무언가 미지의 것이 우리 안에 들어오는 순간일 테니까요. 그때 우리의 감정은 어쩔 줄 몰라 입을 다물고, 우리 안의 모든 것이 뒷걸음질치면서 그 자리를 적막이 차지할 것입니다. 그렇게, 누구도 그 정체를 알지 못하는 새로움은 적막의 한가운데에 서서 침묵을 지킬 것입니다.

제 생각에, 우리의 거의 모든 슬픔은 긴장을 불러일으킵니다. 이때 우리는 그 긴장을 일종의 마비처럼 느끼게 됩니다. 왜냐하면 슬픔에 물든 자기 감정을 이상한 것으로 여김으로써 그 감정의 목소리를 생생하게 들을 수 없게 되기 때문입니다. 그렇게 우리는 내면으로 들어온 낯섦과 홀로 마주하게 되고, 믿고 의지할 수 있는 친숙한 것들을 순식간에 박탈당하게 되며, 결국 가만히 멈춰 서 있을 수 없는 전환의 한복판에 세워집니다. 결국 슬픔 또한 그 전환 중에 지나가 버립니다. 그때 우리 심장을 파고드는 것은 슬픔이 아니라 우리 안에 도래한 새로움입니다. 그것은 심장 중에서도 더욱 깊숙한 심방까지 들어가고, 심지어 거기에도 머무르지 않습니다. 이미 핏속에 스며들어 버린 것이죠. 우리로서는 그것이 무엇이었는지 알 도리가 없습니다. 아무것도 일어나지 않았다고 치부할 수도 있겠지요. 하지만 손님을 맞이한 집에 변화가 일어나듯, 그때 우리는 이미 변화한 것입니다. 물론 누가 왔었는지 설명하기는커녕 아예 알아차리지도 못하겠지요. 하지만 미래는 그것이 눈앞에 당도하기 전에, 그보다 아주 오래전에 우리 안으로 들어와 그 안에서 이미 변화해 온 것입니다. 그런 징후가 여럿 발견된 바 있습니다. 그러니 슬플 때면 스스로 고독한 채로 주의를 기울이십시오. 왜냐하면 미래는 언뜻 아무 일도 일어나지 않는 듯 보이는 '마비된' 순간에 우리에게 들어서기 때문입니다. 이처럼 고요한 순간은 우리 바깥에서 일어나는 시끄럽고 우발적인 사건들보다 훨씬 더 삶에 다가가 있습니다. 더욱 조용하고 침착하고 열린 자세로 슬픔을 맞이한다면, 새로움은 보다 깊고 보다 흔들림 없이 우리 안에 들어올 터입니다. 그때 우리는 보다 훌륭히 새로움을 습득할 것이고, 그 결과 새로움은 더욱 더 우리의 운명이 될 것입니다. 먼 훗날 그 새로움이 다시 '발생할 때' (즉 우리로부터 다른 이들에게로 옮겨갈 때) 우리는 그것이 이미 우리 내부 깊숙한 곳에 동화되어 있었음을, 그것이 우리와 가까이 있음을 느낄 것입니다. 우리의 발전이 그러한 방향으로 꾸준히 나아간다면, 결국 우리에게 들이닥치는 무엇도 낯설지 않을 것입니다. 이미 오래전부터 우리에게 속하던 것이 도래할 따름이기 때문입니다. 움직임에 관한 수많은 개념들이 지금껏 변경되고 갱신돼 왔습니다만, 앞으로는 점차 우리가 운명이라 부르는 것이 외부로부터가 아닌, 인간으로부터 나와 인간으로 들어가는 것임을 알게 될 것입니다. 다만 사람들은 아직 그 단계에 이르지 못했습니다. 그들은 운명이 자신들 안에서 그토록 오랫동안 제 삶을 영위했는데도 그 운명을 흡수해 내적 변화를 일으키지 못했고, 따라서 자신들로부터 나오는 것이 무엇인지도 알아차리지 못했습니다. 그들은 낯설어 보이는 그것 앞에서 종잡을 수 없는 공포에 떨며, 그제서야 갑자기 운명이 자신들 안으로 들어섰다고 생각합니다. 왜냐하면 그 이전까지 그와 비슷한 그 어떤 것도 자기 안에서 발견하지 못했기 때문이지요. 마치 우리가 오랫동안 태양의 움직임을 잘못 알고 있었던 것처럼, 사람들은 미래가 어떠한 움직임을 보일지에 대해서도 여전히 오해하고 있습니다. 친애하는 카푸스 씨, 미래는 가만히 서 있습니다. 다만 우리가 다함이 없는 우주 공간을 움직일 따름입니다.

그러니 이런 일이 얼마나 막중한 것이겠습니까?

다시 고독 이야기를 해 보지요. 점점 분명해져 가고 있는 깨달음이 하나 있습니다. 바로 인간이 직접 선택하거나 포기하는 것들은 다 근본적으로 하찮은 것이라는 깨달음입니다. 우리는 고독하게 **존재합니다**. 이 명제를 잘못 이해해서, 자기는 그런 사람이 아니라는 듯 행동하는 경우도 있습니다. 그러면 거기서 끝입니다. 그와 달리 이를 인정하고 출발점으로 삼는다면 얼마나 좋겠습니까. 물론 어지러움을 느끼게 될 테지요. 그도 그럴 것이, 고독 속에서는 우리 눈이 안주하던 모든 지점이 사라져, 더는 어떠한 것도 가깝지 못하고, 멀리 있던 것은 죄다 훨씬 더 멀어지기 때문이지요. 거의 아무런 준비나 전환 과정도 없이 자기 방에서 나와 큰 산 정상에 놓였을 때와 비슷한 느낌일 터입니다. 비교할 바 없는 불안감과, 이루 말할 수 없는 힘에 집어삼켜진다는 공포에 빠져서, 거의 소멸할 정도로 작아질 수도 있겠지요. 추락해 버린다거나, 우주 공간으로 빨려 들어간다거나, 혹은 폭발해서 수천 개의 조각으로 분해돼 버리는 듯한 느낌이 들 수도 있겠지요. 만약 그런 상황에 처한다면, 뇌는 감각이 처한 상태를 따라잡고 해명하기 하기 위해 얼마나 가공할 거짓말을 해 대야 할까요. 이처럼, 고독한 자가 갖고 있던 모든 거리 감각과 가치 척도는 변화를 맞이합니다. 대개의 경우 그 변화는 갑자기 일어납니다. 마치 드높은 산 꼭대기에 올랐을 때처럼, 인내할 수 있는 수준을 넘어선 듯한 이상한 상상이나 기묘한 감각이 발생합니다. 하지만 우리는 이를 겪어야 할 필요가 있습니다. 우리의 현존이 어디까지 나아가든 간에, 우리는 그것을 **폭넓**게 받아들여야 합니다. 모든 것이, 심지어 그것이 전대미문이라 하더라도, 그 모든 것이 우리의 현존 속에서 가능해야 합니다. 근본적으로 우리에게 요구되는 용기란 이러합니다. 우리가 마주칠 지극히 기이하고 놀랍고 불가해한 것에 맞서 용기를 내야 한다는 것입니다. 우리 인간은 이와 같은 의미에서 비겁하였기에, 자신의 삶에 무한히 해를 끼치고야 말았습니다. '영의 현현'라 불리우는 경험,

소위 '영적 세계'나 죽음 등, 우리와 밀접한 관계를 맺었던 것들은 일상에 격퇴당하며 삶에서 너무도 멀어져 버렸고, 결국이를 파악할 감각 역시 위축되고 말았습니다. 신에 대해서는말할 것도 없지요. 그렇게 인간은 해명할 수 없는 것들을 두려워하게 되었습니다. 그 두려움은 개인의 현존을 더욱 빈곤케했고, 인간과 인간 사이의 관계마저도 제한해 버렸고, 무한한가능성의 하상河床에 있던 인간을 아무 일도 일어나지 않는 불모의 연안으로 끌어냈습니다. 이는 당연한 결과입니다. 인간관계를 매번 단조롭고 진부한 반복으로 만드는 가장 큰 원인은 관성이 아닙니다. 예측 불가한 새로운 경험에 맞설 수 없다며 지레 겁을 집어먹는 것, 그것이 가장 큰 원인입니다. 하지만모든 것을 각오한 사람이라면, 제아무리 불가사의한 것이라도 배제하지 않는 사람이라면, 그는 삶에서 다른 사람과의 관계를 생생히 영위하고, 저 자신의 독자적 현존을 남김없이 길어 내고 말 것입니다. 당연하지요. 만약 개개인의 현존을 저마다의 크고 작은 공간이라 한다면, 대부분의 사람들은 그저 창가나 좁다란 길목 등, 그 공간 속에 있는 한 장소만을 알 따름입니다. 시야를 좁혀 안정을 얻는 셈이지요. 하지만 그보다는포의 글에 등장하는 죄수들[34]이 더 인간적이라 하겠습니다. 그

---

34 에드거 앨런 포의 단편 「구덩이와 진자」(1842년)를 가리키는
것으로 보인다.

들은 자신들이 있는 장소가 형언할 수 없이 끔찍하다는 사실을 알면서도 그 살벌한 감옥을 손으로 더듬어 형태를 파악하려 하죠. 그들을 이끄는 그 위험천만한 불안이야말로 훨씬 인간적인 것입니다. 하지만 우리는 죄수가 아닙니다. 우리 주변에는 덫도 올가미도 깔려 있지 않으며, 우리를 두렵게 만들거나 고통스럽게 하는 것도 없습니다. 우리는 우리에게 딱 들어맞는 환경을 제공하는 삶에 안착했으며, 이후 수천 년 동안 순응 속에서 살아 오면서 그 삶과 닮게 되었습니다. 만약 조용히 있기만 한다면, 우리는 교묘한 보호색 때문에 우리를 둘러싼 모든 것과 거진 구별할 수 없을 것입니다. 이러한 세계는 우리에게 척을 지지 않으니, 우리 또한 세계를 불신할 이유가 전혀 없습니다. 만약 그런 세계에 공포가 존재한다면 그것은 **우리의 공포**입니다. 그 세계에 심연이 있다면 그 심연은 우리에게 속하는 것입니다. 따라서 위험이 있다면 그 위험을 사랑하고자 노력해야만 합니다. 만약 언제든 막중함에 준거해야 한다는 원칙에 따라 삶을 세우기만 한다면, 지금 더없이 두렵고 낯설어 보이는 대상들은 가장 믿음직스럽고 신뢰할 수 있는 것으로 탈바꿈할 터입니다. 모든 민족의 시원인 옛 신화를, 이를테면 마지막 순간에 공주로 변하는 악룡의 신화를 우리 어찌 잊을 수 있겠습니까? 어쩌면 우리네 삶 속의 모든 악룡은, 우리가 아름답고 용감한 모습을 드러내 보이기만을 기다리는 공주일지도 모릅니다. 우리 안의 모든 끔찍함은 어떨까요. 그것을 깊이 파고들어 보면, 어디에도 의지할 곳이 없어 우리에게 도움을 청하는 그것의 모습을 볼 수 있을지도 모르겠습니다.

친애하는 카푸스 씨, 이제껏 보지 못한 크나큰 슬픔이 들이닥친다 해도, 또는 태양과 구름이 그러하듯 불안이 당신의 두 손이나 하시는 모든 일 위로 빛과 그림자를 드리운다 해도, 결코 두려워해서는 안 됩니다. 그럴 때는 당신께 무언가가 일어나고 있다고, 삶이 당신을 잊지 않았다고, 당신 손을 잊지 않았다고 생각해야 합니다. 삶은 당신이 쓰러지도록 내버려두지 않을 것입니다. 어째서 불안과 고통과 낙심이라면 죄다 삶에서 배제하시려 합니까? 그러한 감정 상태가 당신께 어떤 작용을 가하는지 아직 모르고 있지 않으십니까? 어째서 '만물은 어디에서 와서 어디로 가는가'라는 질문을 거듭하며 자기 자신을 채근하려 하시는지요? 당신 스스로도 지금 자신이 전환기에 이르렀으며, 진심으로 변화하기를 바라고 있음을 알고 계실 터입니다. 이러한 전환 과정에서 어떤 질병 같은 것을 겪는다면, 그 질병 역시 하나의 수단임을 유념하시기 바랍니다. 본래 질병이란 유기적 존재가 낯선 물질로부터 벗어나기 위해 사용하는 수단이기 때문입니다. 질병이 다가오면, 기꺼이 그것을 수용하고 겪는 과정을 통해 빠져나와야 합니다. 유기적 존재는 그런 과정을 통해 진일보합니다. 친애하는 카푸스 씨, 지금 당신 내부에서는 많은 일이 일어나고 있습니다. 아픈 이는 견뎌야 하고 회복하는 이는 낙관해야 하는데, 아마도 당신에게는 이 둘 모두 해당될 테지요. 하지만 그게 다가 아닙니다. 당신은 또한 의사가 되어 자기 자신을 돌봐야 합니다. 다만 질병은 대개 하루이틀의 문제가 아니기에, 의사조차 그저 지켜볼 수밖에 없는 시기가 오기도 합니다. 기다리기, 그것이야말로 당신의 주치의인 당신이 다른 무엇보다도 먼저 해야 할 일입니다.

자신에 대한 너무 많은 관찰은 멈추십시오. 자신에게 일어나는 일이 무엇인지 너무 빨리 결론 내리지 말고, 그저 일어나게끔 내버려 두십시오. 그러지 않으면 현재 맞닥뜨린 일들과 (당연히) 연결돼 있는 과거를 떠올리게 되고, 그 과거들을 가만히 바라보면서 힐난하게 (즉 도덕적으로 비판하게) 됩니다. 하지만 그때 당신의 마음속에 떠오르는 과거-유년기에 겪으셨을 방황과 바람과 동경 가운데 하나-는 현재의 당신이 심판할 수 없는 것입니다. 외롭고 노움 받을 길 없는 유년이란 일반적이지 않은 상황입니다. 그런 상황에 놓인 유년은 너무도 막중하고 복잡한 여러 영향에 그대로 노출되며, 그와 동시에 실제 생활의 모든 맥락으로부터는 멀어져 버리지요. 이때 어떤 악습이 스며든다 하더라도, 여기에 곧장 악습이라는 이름을 붙여서는 안 됩니다. 이름이나 명칭을 붙일 때는 다른 무엇보다 주의를 기울여야 합니다. 어떤 행위 자체는 좀처럼 삶을 파괴하지 않습니다. 그 행위에 과오를 뜻하는 **이름**이 붙었을 때, 그 이름이 삶을 파괴하는 경우가 더 많습니다. 그런 이름이

붙지만 않는다면, 그 각각의 행위는 그의 삶이 필연적으로 마주할 경험으로 여겨질 테고, 따라서 별다른 어려움 없이 삶에 받아들여질 수 있을 것입니다. 한편, 당신은 정력을 소비하는 일이 위대해 보인다고 하셨는데, 그건 그저 당신이 승리를 과대평가하기 때문입니다. 그러한 감정이 틀리지는 않지만, 승리는 당신이 생각하듯 **위대함**을 성취하는 데서 오는 것이 아닙니다. 위대함은 비로소 습득하는 게 아니라 이미 당신과 함께해 온 것입니다. 당신은 이미 있었던 그 위대함을 통해 온갖 기만 대신 무언가 진실되고 실제적인 것을 자기 안에 들여놓을 수 있었던 거지요. 이런 위대함이 없는 승리란 그저 도덕적인 반사작용일 뿐, 그 외에는 아무런 의미도 없습니다. 그러나 당신은 그렇지 않았기에 당신 삶에 한 획을 그을 수 있었을 테지요. 다른 누구도 아닌 친애하는 카푸스 씨의 삶, 제가 그토록 많은 기대를 거는 당신의 삶에 말입니다. 떠올려 보십시오, 당신만의 유년으로부터 생겨난 삶, 그 삶은 **위대함**을 얼마나 갈망해 왔던가요? 그 삶은 이제 자신이 당도한 위대함을 떠나 더욱 큰 위대함을 향해 나아가려 하는군요. 그러하기에 막중함은 줄곧 이어질 것입니다. 하지만 그러하기에 삶은 줄곧 성장할 것입니다.

하나 더 첨언하자면, 당신을 위로하려는 이가 때로 당신을 기쁘게 하는 단순하고 고요한 언어의 장막 아래에서 아무런 심려 없이 살아간다 생각치는 마십시오. 그의 삶도 많은 비참과 슬픔 속에 있으며, 당신의 그것보다 훨씬 내몰려 있습니다. 하지만 만약 그가 이 길과 다른 행로를 택했더라면, 지금과 같은 언어와 만날 수도 없었을 테지요.

당신의
라이너 마리아 릴케

프란츠 크사버 카푸스가 라이너 마리아 릴케에게

1904년 8월 27일, 나다스[35]

존경해 마지않는 릴케 선생님!

마지막으로 보내 주신 편지를 이제야 전달받았습니다. 슬픔에 겨운 날 편지가 도착하여, 너무도 친절한 말씀을 접하고 적잖은 위로를 얻었습니다. 그 위로 때문인지, 이번 편지는 무척이나 자주 읽었습니다. 제 주변이 너무도 넓어졌음을 느꼈고, 슬픔이라는 놀랄만치 풍성한 선물을 준 이들에게 감사할 필요를 느꼈습니다. 그중 가장 먼저 존경해 마지않는 선생님께 감사를 드립니다. 선생님께서는 무수한 불가사의로 점철된 제 삶에 매번 새로운 해결의 단초를 제공해 주심으로써 미지의 영역을 발견하도록 이끌어 주셨고, 저만의 길을 나아가는 데 도움을 주셨습니다. 선생님의 꾸밈없는 말씀은 참으로 고요하면서도 헌신적인 방식으로 제 영혼에 하나의 선물을 가져다주셨습니다. 그 선물이란, 제게 없어서는 안될 무언가에 대한 믿음이었습니다. 무언가에 대한 믿음은 인간에게 의지할 곳이 되어 주지요. 그와 달리 주변 모든 것이 흔들리기 시작해 더는 아

35 1948년 트르스틴으로 개명되어 현재는 슬로바키아 트르나바 지구에 속하는 마을이다. 당시에는 헝가리의 행정 구역 중 하나였던 포조니(현 브라티슬라바)의 일부였다.

무런 의미도 갖지 못하게 된다면—믿음이 사라진다면—인간은 절망에 빠져 죽어 버리고야 말 것입니다.

그리고 이번에 보내 주신 편지의 두 번째 대목에 대해서도 감사를 드립니다. 그 글은 얼마 전까지만 해도 비난받아 마땅하다 생각했던 저의 유년, 즉 저의 과거를 보다 넓은 길로 이끌어 주었습니다. 아아, 제가 행한 어떠한 일도 부당하지 않다는 위로의 말씀에 어찌 감사를 드리면 좋을지요. 사실 저는 어리석은 꿈과 수원과 충동에 시달리던 13살 때, 동년배 남성 친구를 사랑하고 그에게 헌신했으며, 지금껏 어떤 여성과 나눈 것보다 더 진한 입맞춤을 한 적이 있습니다. 당시의 경험은 오늘날에도 선명히 남아 있지만, 그 무렵 부모님이나 다른 낯선 이들이 중요하다며 언급한 일들은 거의 생각나지 않습니다. 제 어린 심장이 거친 사랑의 노도 속에서 번민하며 상대를 향해 고동치던 그때, 제 영혼에 중대한 변화가 일어났음을, 오늘의 저는 분명히 느끼고 있습니다. 그때 제 감정은 순수했습니다……. 비록 여러 가지를 오해하고 있었음에도 말이지요.

오늘날에는 이러한 느낌을 거의 받지 않습니다. 가끔 어디에서 발생했는지 모를 것들을 마주할 때가 있는데, 그럴 때면 처음에는 이루 말할 수 없는 듯한 느낌을 받다가도, 거기에 가까이 다가갈수록 점점 더 추한 모습을 보게 됩니다.

인간의 삶에는 무언가 도착倒錯이라 불리는 게 존재하더군요. 어둠 속에서 사는 그것은 종잡을 수 없는 궤적을 그리며 영혼에서 영혼으로, 육체에서 육체로 남몰래 떠도는데, 그러다가도 자신이 이해 못 할 일에 악담을 퍼붓곤 하는 사람이 지나갈라치면 벌벌 떨며 움츠러듭니다. 결국 이러한 멸시에 짓눌린 인간은 자기 감정에 갈피를 잡지 못할 뿐 아니라, 자신의 심연에서 비롯한 거룩함마저 끊임없이 불신하게 됩니다.

제가 도착에 끌린다는 말을 하려는 건 아닙니다. 하지만 저는 더러 성적 영역과 거의 관계가 없는 것에도 기묘한 자극을 받곤 합니다. 하얀 손목에 금색 팔찌를 두른 여성의 섬섬옥수는 제게 있어 여성의 다른 어떤 풍요로움보다도 더욱 강렬한 느낌을 선사하기도 합니다. 정말이지 거의 육체적인 감정이라 할 수 있겠습니다.

이러한 갑작스러운 충동에 반대하는 입장을 취해야 할까요? 아니면 순수한 인간에게는 정말로 모든 것이 순수하기만 할런지요?

제 삶에 대해 이야기 드리겠다고 마음먹고 보니, 무엇보다도 성장한다는 것이 얼마나 막중한 일인지 실감하게 됩니다. 그 막중함에 겨워 가끔은 목놓아 울기도 하고, 가끔은 모든 것이 그저 어느 폭군의 냉소적인 장난질에 불과하지 않은가라는 생각이 들기도 합니다.

어떠한 생각이든 감정이든 간에 한계란 있기 마련입니다. 모든 것을 파괴하는 회의감이나 의심이 부리는 장난질 앞에서 물러서게 되니까 말입니다. 아아, 이러한 회의감에 짓눌려 얼마나 막중한 고통에 시달리고 있는지, 존경하는 선생님께서는 모르시겠지요. 회의라는 녀석은 모든 것에, 정말이지 모든 것에 다가옵니다. 회의를 버텨 낼 수 있는 건 거의 만무합니다. 회의는 제 가장 깊숙한 곳에 있는 선량함을 송두리째 뽑아 던진 뒤 그곳을 공터로 만들고, 이어서 자신의 분노를 내보일 새 희생양이 들어오기를 기다리지요. 저는 그 흉악한 손길을 그저 바라만 볼 따름입니다. 무언가를 아름답게 여기거나 감탄이 절로 나오는 순간이면 회의가 어느새 제 옆으로 다가와 귀에 대고 속삭입니다. "이봐, 정말로 추할 뿐인 것을 숭배하는 꼴이란, 눈이 멀었군 그래. 아름다움 따위는 존재치 않아. 아름다움은 인간이라는 어리석은 자들이 꾸며 낸 것이라고. 자기네들이 아름답게 여기는 것이 정말이지 모두 아름답고, 감미롭다고 보는 것이 모두 감미로워야 한다는 식으로 말이야. 실상은 더한 것도 덜한 것도 없어, 모두 똑같다고."

이렇게, 제 안에서는 점차 모든 것이, 늦던 이르던, 같은 귀결을 맞이합니다. 정말이지 절망적인 일이 아니겠습니까?

본래 저는 제 외적 삶이 내적 삶의 거울이 되어 주기를 바라 왔습니다. 하지만 회의에 휩싸인 결과, 제 인생을, 제 외적 삶을 쌓아 올리며 살아가기란 끔찍할 정도로 막중하고 어려운 일이 되었습니다. 그러다 보니 저는 극복하기 힘든 나약함과 끝이 보이지 않는 피로감에 맞닥뜨리게 되었습니다. 마치 이미 수년 간 계속 일해 온 듯한 느낌입니다. 도무지 이제 막 일을 시작하는 사람이라고는 보기 힘들 지경이지요.

여기 제 손 닿는 곳에는 항상 저를 위로해 주는 책이 한 권 있습니다. 그 안에 담긴 소박하고도 천진한 말들은 제 영혼이 탁해지거나 심한 불안에 시달릴 때면 언제나 위로가 되어 주곤 합니다. 바로 새로운 판본으로 나온 선생님의 책 『사랑하는 하느님 이야기』[36]입니다. 저는 특히 이 책 말미에 실린 「어둠에게 들려주는 이야기」를 읽으며 거기 있는 고독한 이들로부터 힘과 용기를 얻곤 합니다. 남들에게는 일곱 겹의 봉인서[37] 혹은 영벌로 여겨질 세계를 그들은 군말 없이, 당당히 걸어 나가더군요. 존경하는 릴케 선생님, 선생님께서 혹여 [⋯][38] 일평생 기쁨을 금치 못할, 놀랄 정도로 위안이 되는 예의 숱한 말들 중 하나를 제게 내려 주셨다면 어땠을까 생각해 봅니다. 선생님의 이야기를 바라 마지않는 사람 중 한 명인 저는 마땅히 감사의 인사를 드렸을 테지요. 그러니 감사합니다, 감사하고 또 감사합니다!

『그에게 이르지 못한 편지』[39]도 이곳에 와서야 시간을 내 읽었습니다. 사람들이 그토록 앞다투어 격찬들을 하는 이유를

---

36 1904년 라이프치히에서 펴낸 책이다.
37 요한계시록에 나오는 일곱 봉인을 말한다. 하나의 봉인이
    떨어질 때마다 초자연적인 심판이 임한다.
38 편지에 구멍이 뚫려 읽지 못하는 부분이다.

찾지는 못했습니다. 개인적으로는 작가에게 호감이 갑니다. 하지만 여주인공의 지극히 수동적인 면모에 반감이 들기도 합니다. 그녀를 위해 다른 사람의 목숨이 오가는 와중에도 별 중요치 않은 일로 하염없이 자포자기를 하는 모습이라니요.

그리고 니체의 차라투스트라도 손 닿는 곳에 두고 있습니다. 도무지 끝내지 못할 책이기도 합니다. 무엇보다도 이 사상가와는 어떤 식으로든 접점을 찾지 못하겠습니다. 심지어 차라투스트라 속 어떤 대목도 전혀 이해를 못 하겠습니다. 애시당초 사람을 황당케 하려는 외람된 의도로 아무렇게나 말들을 쏟아 책이 아닌가, 그런 생각이 듭니다. 그 책에 담긴 말들은 아무런 분별(혹은 섬세함) 없이 작가 본인만이 몰두하고 있는 문제에 허비된 것처럼 보이기에, 차라투스트라는 그저 형식적으로만 그럴싸해 보이는 예술 작품이 아닌가 하는 의문이 생깁니다.

오늘은 이만하면 된 것 같습니다.

날이 저물고 있기도 하고, 제가 그토록 빚을 졌다고 생각하는 분께 산만한 말씀을 드리는 것은 도리가 아니겠습니다.

하지만 친애하고 존경해 마지않는 릴케 선생님, 제게는

39 엘리자베트 폰 하이킹 저, 1903년 베를린 출판. 편지 형식의 소설로, 출간 약 1년 전 『타게스 룬트샤우』지에 익명으로 초고가 발표되었다.

당신의 친절과 사랑이 전적으로 유일무이한 것임을 알아 주시고, 그것들을 통해 제가 제 목표에 조금씩 다가갈 수 있음을 믿어 주시기 바랍니다. 제가 아무래도 좋을 일로 연락을 드리고 스스로의 슬픔 때문에 도망친들 언짢치 않으셨으면 합니다.

선생님이 저의 유일한 조력자임을 잘 알고 있습니다.

무한한 감사와 한결같은 마음을 담아.

당신의
프란츠 카푸스 드림

8월 30일─9월 16일: 헝가리, 트렌친[40]
이후: 포조니, 군 병원 병사.
(후자의 경우에는 주소에 '전달 요함'이라고 첨필 바랍니다.)

---

40 현재는 슬로바키아에 속한 도시다.

라이너 마리아 릴케가 프란츠 크사버 카푸스에게

1904년 11월 4일, 스웨덴, 욘세레드, 푸루보리[41]

친애하는 카푸스 씨,

근래에는 편지 없는 나날이 지나갔군요. 외유 중이기도 했거니와, 공사가 다망해 도무지 무언가를 쓸 틈이 없었습니다. 이런저런 생각만으로도 마음속이 이미 막중한데, 그런 와중에 손이 아플 정도로 많은 편지를 써야 했습니다. 누군가 받아 적기라도 해 준다면 많은 말씀을 드릴 텐데, 아무쪼록 긴 편지에 몇 자 안 되는 답신인들 받아 주시기 바랍니다.

친애하는 카푸스 씨, 종종 심심한 기대를 담아 당신 생각을 합니다. 그런 생각들이 어떤 식으로든 도움이 되었으면 싶습니다. 제 편지가 정말로 도움이 될지 의구심이 들곤 합니다. 당연히 도움이 된다 말하지는 말아 주십시오. 침착히 받아들여 주시기를, 큰 감사는 마시기를, 그러면서 저희에게 도래할 것을 기다려 봅시다.

보내 주신 말씀에 하나하나 답해 드리는 건 별다른 도움이 되지 않을 수 있겠습니다. 당신의 회의적 경향, 안팎으로 조

---

41 1904년 10월 8일부터 12월 2일까지, 릴케는 엘렌 케이의 친우 깁슨 부부의 손님으로서 예테보리 근교에 있는 부부 소유의 땅에 머물렀다.

화롭지 못한 삶 그리고 그 밖의 온갖 번잡에 대해 제가 드릴 말씀이라고는…… 앞서 드려 왔던 말씀과 다르지 않습니다. 모든 것을 견디고 믿을 수 있도록 자기 안에서 인내심과 순진함을 충분히 찾아내시길 바랍니다. 또한 자신에게 주어진 막중함은 물론, 타인들 사이에서 느끼게 될 고독함을 향해 보다 큰 신뢰를 보내 주시길 바랍니다. 그러면서 삶이 나아가는 모습을 가만히 지켜보도록 합시다. 제 말을 믿으십시오. 어떤 경우에도 삶은 그 자체로 올바릅니다.

그리고 감정에 대해서 말입니다만, 뭇 순수한 감정은 당신을 온전히 파악하고 드높이며, 그와 달리 불순한 감정은 당신 본질의 **한쪽** 면만을 파악해 당신을 무참히 일그러뜨립니다. 당신이 유년을 마주한 채 떠올리는 것들은 다 좋은 것들입니다. 과거의 당신이 경험했던 최고의 순간보다 더 **높은** 곳으로 이끄는 것들은 무엇이든 옳습니다. 고양高揚이 혈액 **전체**에 퍼져 나간다면, 도취나 혼탁이 아니라 밑바닥이 훤히 들여다보이는 기쁨을 얻는다면, 이는 언제나 좋은 일입니다. 제가 말하려는 바를 이해하시련지요?

그리고 회의懷疑라는 녀석은 **교육**만 시키면 좋은 자질로 키워 낼 수 있습니다. 회의는 만물에 **정통**해야 하며, 비판적이어야 합니다. 회의가 당신의 무언가를 망치려 들 때마다 어째서 그것이 흉하냐고 묻고 그 증거를 요구해 보십시오. 이렇게 회의를 시험해 보면, 아마도 회의는 당황하여 어찌할 바를 모르거나 심지어는 반항하려는 모습을 보일 수도 있겠습니다. 그렇더라도 물러날 생각은 마십시오. 매번 회의에게 논증을 요구하며 세심하고도 단호히 대하신다면, 언젠가 그것은 파괴를 멈추고서 가장 뛰어난 일꾼이 되어 줄 것입니다. 그리고 어쩌면 앞으로 당신의 삶을 만들어 갈 여러 존재 가운데 가장 현명한 존재가 되어 줄 것입니다.

친애하는 카푸스 씨, 오늘 제가 드릴 수 있는 말은 이것이 전부입니다. 다만 현재 프라하에서 펴낸 『독일 작품집』[42]에 실린 짧은 글[43]의 별쇄본을 동봉합니다. 저는 이 책을 통해 당신께 계속해서 삶과 죽음에 대해, 그리고 이 둘의 위대함과 장려함에 대해 이야기 드리고자 합니다.

당신의
라이너 마리아 릴케

42 『독일 작품집: 보헤미아 독일인의 정신 생활을 위한
    월간지』는 1901년부터 1904년까지 발행된 문예지다. 편지에
    언급된 릴케의 작품은 1904년 10월에 나온 제4권 1호에
    실렸다. 이 잡지는 독일어권 작가들의 작품을 다루었으며,
    릴케 외에도 막스 브로트나 프란츠 카프카 등이 참여했다.
43 1899년에 쓴 「기수 오토 릴케의 사랑과 죽음」을 말한다.
    이 작품은 1899년부터 1906년까지 세 개의 다른 판본이
    있으며, 카푸스에게 보낸 것은 두 번째 판본이다.
    최종고에서는 기수의 이름이 크리스토프로 바뀌었다.

라이너 마리아 릴케가 프란츠 크사버 카푸스에게[44]

1908년 8월 30일, 파리[45]

이 편지 내용은 거의 알려진 바가 없지만, 1953년 경매 목록에 이 편지에 관한 몇몇 사항이 언급되어 있다. 릴케는 시집 출판을 원했던 카푸스의 바람을 들어줄 수 없었기에 빈의 출판 업자를 통해 원고를 돌려보냈는데, 당시 동봉하려던 편지는 부치지 못한 것으로 사료된다. 릴케는 8월 30일에 쓴 이 편지에서 그에 관한 사정을 설명한 듯하다. 경매 목록에 일부 공개된 편지 본문을 보면 어느 정도 알 수 있다. "최근까지 거의 항상 여행 중이었고 몸 상태도 항상 좋지 못한 데다가, 무엇보다도 혹독한 일[46]에 시달렸음을 알아 주시기 바랍니다."

44 1953년에 베를린 미술상 게르트 로젠이 주최한 경매에서,
    릴케가 카푸스에게 부친 편지 원본이 출품되었다. 당시
    경매 목록에는 미발표로 남은 이 편지도 포함되어 있었다.
    미국인으로 추정되는 사람이 편지를 낙찰받은 이후,
    이 편지의 소재는 알려지지 않았다.

45 1908년 2월 말부터 이탈리아(주로 카프리 지역)에 머물렀던
    릴케는 이후 파리로 돌아갔고, 5월 1일부터 8월 31일까지
    화가 마틸데 포르멜라의 작업실에 기거했다.

46 아마 『신 시집 별권』의 마감이 아닐까 싶다. 릴케는 정서한
    원고를 1908년 8월 17일에 인젤 출판사에 보냈다.

프란츠 크사버 카푸스가 라이너 마리아 릴케에게

프란츠 크사버 카푸스 (타자 원고)

1908년 11월 25일

남달마티아 츠르크비체[47]

존경해 마지않는 이여!

지난 8월 30일에 보내 주신 친절하고 애정 어린 편지에 오늘에야 감사를 드리게 되었습니다. 어쩌다 차일피일해서는 아닙니다. 선생의 편지를 받았을 때, 저는 답장을 드릴 수 없는 상태였습니다. 편지를 받은 직후는 물론, 몇 주 전까지만 해도 계속 바빴던 것입니다. 그동안 저는 제게 주어진 과업에 허덕였고, 한편으로는 존재와 이성에 대해 이런저런 고민을 이어 갔습니다. 만약 제가 그때 편지를 썼다면, 그 글 속에는—이렇게 불안한 나날이[48] 계속되는 와중에도—기껏해야 덧없는 시간에서 비롯한 덧없는 이야기들만이 담겨 있었을 터입니다. 그리하여 저는 일부러 답장을 후일로 미룸으로써, 언제나 그렇듯 정갈한 마음과 명민한 정신으로 존경하는 선생님께 기별하고

---

47 코토르만은 당시 합스부르크왕국 달마티아의 일부였으며, 현재는 몬테네그로에 속한다. 츠르크비체 요새는 코토르만 북부에 구축되었다.

48 1908년 가을에 보스니아 합병 사건이 있었다.

자 했습니다.

그리고 괜찮으시다면 먼저 말씀드릴 것이 있습니다. 제 시[49]가 탐탁치 않았다 하여 사과하실 필요는 전혀 없습니다. 당신의 온정을 증거하는 것들이 이미 제 손에 가득합니다. 저는 이 온정을 향해 평생에 걸쳐 감사의 말씀을 드릴 터인데, 별것 아닌 우발적인 일 때문에 그런 마음이 바뀌지는 않을 것입니다. 심지어 전후 사정을 잘 설명해 주셔서, 선생님을 향한 감사는 오히려 더 커져만 갈 따름입니다. 이 점 믿어 주시기를 바라마지 않습니다.

지난해에는 매우 많은 착오와 거짓을 헤쳐 나왔는데, 그래서인지 선생님의 편지와 지지는 전보다 더욱 큰 의미를 지닌 축복이 되었습니다. 작년까지 저는 모든 퇴로를 끊고서 제 인생을 갉아 온 타협들을 죄다 물리치려 했지만, 그럴수록 점점 더 깊은 미망에 빠져들기만 했습니다. 저는 억지로 차지하기 위해서는 그만한 대가를 치뤄야 할 대상들을 향해 맹목적

49 1907년 말부터 1908년 여름까지 릴케는 『신 시집 별권』 마감에 집중했고, 정서한 원고를 1908년 8월 17일에 인젤 출판사에 보냈다. 따라서 그와 카푸스의 서신 교환은 『신 시집』의 집필 시기(1903~1908년)과 중첩된다. 한편 카푸스는 릴케의 초기 시집만을 접하여 이를 창작의 본보기로 삼았을 뿐, 릴케의 새로운 시 세계를 담은 『신 시집』이 출간된 사실에 대해서는 알지 못했다. 릴케가 카푸스의 시에 긍정적인 판단을 내리지 않은 이유도 이와 무관하지 않을 수 있다.

으로 손을 뻗었고, 다른 한편으로는 보다 높은 경지를 향하기 위해 쓰여야 할 방편들을 거듭 오용하며 진창 속으로 걸어 들어갔습니다. 다시 말해 저는 일용할 양식을 구하기 위해 투쟁했지만, 정작 무엇을 양식으로 삼을지, 어떻게 양식으로 거둘지에 대해서는 고민하지 못했던 것입니다. 그 결과는 당연한 것이었지요. 모든 면면의 환멸과 혐오가 찾아왔습니다. 저는 그런 와중에도 다른 피난처가 있음에 기뻐했고, 아무런 고민 없이 그 길을 택했지요.

이제 저는 다시 장교가 되어[50] 홀로 여기 남부, 몬테네그로 국경[51] 요새[52]에서 서른 명의 병사들을 거느리고 있습니다. 직접 지원해서 이곳에 오게 되었습니다. 지난 어느 때보다 더 절실한 고독이 필요하다는 느낌을 받았기 때문입니다. 과연, 그 느낌은 착각이 아니었습니다. 헐벗은 산들만이 저를 둘러싼 이곳에서, 천둥번개가 짐승처럼 포효하고 시로코[53]와 보라[54]가 숙소 주위를 배회하며 울부짖는 이곳에서, 저는, 혹여 아직도

---

50 카푸스는 1907년 12월 7일부터 1908년 9월 18일까지 휴가를 청원하여 군무에서 물러났고, 이후 다시 헝가리군 제72보병 연대로 복귀했다. 연대 참모 본부는 포조니에 있었으며, 제2대대가 달마티아의 츠르크비체에 파견되었다.

51 카푸스가 지원한 이 지역은 근방에서 가장 위험한 곳이었고, 그만큼 승진할 가능성이 높았다. 그는 1909년 5월 중위로 승진했다.

52 이 요새는 게릴라의 습격에 대비해 산 정상에 지어졌고, 거기서 코토르만을 조망할 수 있었다.

가능하다면, 저는 저 자신을 다시금 찾고자 합니다. 이곳에서 몇 달의 삶이 흐르고 나니 다시 한 편의 시가 떠올랐습니다.

나의 창문 바깥에 서 있는 어린 나무 한 그루
폭풍우 속에서 나무는 깃발마냥 몸을 뒤흔든다.
보란 듯이 굳건히 선 나무는 도무지 알지 못하리,
그에게 있을 심각한 운명을 나 예감하고 있음을.

멀리 바깥 바다가 일렁였다. 거품을 게우는 파도
앞으로 뒤로…… 하얗게 반짝이며 자리를 옮긴다.
어린 나무 그리고 나, 우리 둘의 바람을 보내니
부디 화려하여라, 그대 격렬하게 움직이는 바다여!

어쩌면 조악한 시일지도 모르겠습니다. 저로서는 판단하기가 어렵습니다. 다만 이 시가 떠올랐을 때, 제 곁에는 오직 눈물 혹은 사무친 고통만이 남아 있었다고, 그 말씀만은 드릴 수 있겠습니다.

존경하는 릴케 선생님, 하잘것없는 곤경과 기쁨에 휩싸여 당신께 도망쳐 온 저를 다시금 용서해 주시기 바랍니다. 하지

---

53 북아프리카에서 지중해 연안으로 부는 온난 습윤한 지역풍.
54 트리에스테와 몬테네그로 사이의 산지에서 불어오는 차갑고
   건조한 강풍.

만 당신 외에 이런 이야기를 드릴 분은 어느 누구도 알지 못합
니다. 게다가, 다른 누구도 선생님만큼 친절히 저를 배려해 주
지는 못할 것입니다.

당신을 향한 경애에 몸을 바친
카푸스 드림

라이너 마리아 릴케가 프란츠 크사버 카푸스에게

1908년 성탄 둘째 날, 파리

친애하는 카푸스 씨, 보내 주신 수려한 편지에 얼마나 기뻤는 지 아시면 좋겠습니다. 전달받은 소식은 이전과 마찬가지로 현실적이면서도 솔직해서 좋은 인상을 주었는데, 그 좋은 느 낌은 생각을 거듭할수록 커져만 갑니다. 이번 편지는 본디 성 탄 전야에 쓸 요량이었지만, 올 겨울에는 밀린 업무가 많았습 니다. 그러다 보니 마치 여러 사람의 삶을 한꺼번에 살듯이 바 쁘게 움직였고, 결국 오랜 축일인 성탄이 너무 급히 찾아오고 말았습니다. 글쓰기는 커녕 해야 할 일들을 처리할 시간조차 부족하더군요.

하지만 축일 내내 툭하면 당신의 안부를 떠올리곤 했습니 다. 집어삼킬 듯 불어닥치는 남풍 속에서, 적막한 산들 가운데 있는 그 고독한 요새 안에서, 당신이 얼마나 고요히 살아가고 있을지 상상이 다 될 정도였습니다.

온갖 소음과 동요에도 공간을 내어 주는 침묵이란 얼마나 막대한 것일까요. 인류의 태동 전부터 스스로 조화를 이루었 던 그 커다란 침묵에 밀려든 난바다는 깊은 공명을 일으킬 테 지요. 그러니 부디, 당신 삶 속에서 더는 지울 수 없는 장대한 고독을 굳게 믿고 견뎌 내시기를 바랄 뿐입니다. 그 커다란 고

독은 앞으로 당신께서 겪고 행할 모든 일에 익명의 영향력을
발휘할 것입니다. 잔잔하면서도 결정적인 요인이 되는 것이지
요. 마치 우리 안에서 쉼 없이 흐르는 조상들의 피처럼 말입니
다. 그 피는 우리의 피와 어우러져, 우리 삶의 각 순간에 드러
나는 단 하나뿐인 존재, 다시 말해 되풀이될 수 없는 존재를 구
성하고 있습니다.

그렇습니다. 당신께서 형언 가능하고도 견고한 요소들을,
다시 말해 직함을, 제복을, 업무를, 그 외 개괄할 수 있고 끝이
분명한 모든 일을 영위하게 되었음을, 저는 기뻐합니다. 그런
요소들은 몇몇 병사들과 함께 고립된 당신께 진중함과 존재의
필연성을 가져다줄 것이며, 군인이라는 직업 특유의 결점인
농짓거리와 허송세월을 극복해 늘 깨어 있도록 도울 것입니
다. 그런 요소들은 당신이 지니고 있는 주의력을 흐트러뜨리
지 않을 것이며, 심지어 그 주의력을 더욱 깊은 곳까지 이끌이
줄 것입니다. 그러니 우리는 우리에게 힘을 행사하고 가끔 우
리를 대자연 앞에 서게끔 만드는 정황을 벗어나지 않아야 합
니다. 이것이 우리에게 필요한 전부입니다.

예술이란 삶을 영위하는 하나의 방식일 따름이니, 우리는
어떻게든 살아감으로써 자신도 모르는 새에 예술을 위한 준비
를 해 나갈 수 있습니다. 무엇이든 현실적인 것에 몸담고 있을
때, 우리는 비현실적이고 어중간한 예술업에 종사하는 이들보
다 예술에 더 가까운 존재, 예술과 이웃한 존재가 됩니다. 어중

간한 예술업이란, 예술 비슷한 것을 흉내낼 뿐만 아니라 예술
의 존재 자체를 실질적으로 부정하고 파괴해 버리는 작업들을
뜻합니다. 뭇 언론과 대부분의 비평은 물론, 문학이라 불리거
나 불리워지기를 원하는 것들 말이죠. 당신께서 그 위험에서
벗어나, 그곳이 어디가 되었든, 거친 현실 속에서 고독하고도
담대한 사람이 되었음에 저는 무척 기뻐합니다. 다가오는 한
해에도 그곳에서 흔들림 없이 강인해지시기 바랍니다.

　　언제나 당신의
　　라이너 마리아 릴케

프란츠 크사버 카푸스가 라이너 마리아 릴케에게

1909년 1월 5일

남달마티아 코토르만(灣) 츠르크비체

존경해 마지않는 이여![55]

친절한 지혜가 담긴 당신의 편지는 해가 바뀌며 맞이한 가장 기쁜 소식이었습니다. 편지가 도착했을 때, 당시 저는 거의 무기력함에 빠져, 시끌벅적한 세상으로부터 소외된 것만 같았습니다. 연말연시의 축일에는 이런저런 것들을 빼앗길 뿐, 그 대가로 받은 것은 아직 하나도 없습니다. 무언가를 받기는커녕, 제 고독 더욱 깊숙한 곳으로 끌려가 두려움에 떨 따름이었습니다. 그간 축일이 제게 준 가르침이라고는, 본디 축제란 다른 어디에도 없으니, 오직 스스로 그것을 꾸려야만 한다는 것이었습니다. 이처럼 저는 인간이 독자적인 삶을 살아가기 위해서는 타인과의 모든 유대를 끊어 내야 한다고 생각했지요. 제게 인생이란 언제까지고 계속되는 투쟁이었습니다. 해묵은 관습을 상대로, 또한 낯선 이들이 득실거리는 세계를 상대로 끝없이 싸움을 벌이는 와중에 평생이라는 긴 세월이 다 지나가

---

55 이 편지는 얇은 종이에 타자기로 작성되었고, 자필 서명이 들어가 있다.

버리고 마는, 그런 것이었습니다. 마지막으로 정리를 할 틈도 없이, 싸우다가 죽음을 맞이하는 것이었지요. 이렇게 고통스러운 앎의 한복판에서 도착한 당신의 편지는 저를 다시 일어설 수 있게 해 주었으며, 마치 제게 필요한 것이 무엇인지 정확히 안다는 듯 말을 건네 왔습니다. 그러니 존경해 마지않는 릴케 선생님, 언제나와 마찬가지로 이번에도 당신의 무한한 호의에 진심으로 감사드립니다.

그리고 만약 저에 대한 이야기를 이어 나가도 된다면, 이곳에 머무는 하루하루, 저 자신이 작아지는 듯한 기분이 든다고 털어놓고 싶습니다. 너무도 많은 것이 매 시간 제 안에서 새롭게 떠오르는데, 그것들은 마치 내밀한 질책마냥 저를 들볶습니다. 그래서 저는 도통 어디에서 시작해야 할지 갈피를 잡지 못하고 있습니다. 이에 더해 저는 이런 걱정도 하고 있습니다. 제가 당신께 부담을 지울 뿐만 아니라, 지금껏 항상 보여 주신 호의와 관용을 남용하는 것처럼 보일지도 모르겠다고 말입니다. 그럼에도 저는 잦은 난관으로 선생께 기대곤 하는데, 사실 이는 저의 믿음이 얼마나 진실한지를 보여 주는 방증일 터입니다. 저는 당신께서 제게 은혜로운 힘을 행사하심을, 다시 말해 언제나 다시금 저를 심오하고 영원한 것들로 이끌어 주려 하심을 믿어 의심치 않습니다.

이제 저를 가장 괴롭히는 사실을 말씀드리겠습니다. 그것은 바로 써야 할 필요가 없는 것을 많이도 써 왔으며, 지금도 쓰고 있다는 점입니다. 제 마음에서 비롯하지 못한 글들, 만물이 마땅히 근원으로 삼아야 할 저 깊은 곳 근처에도 다다르지 못한 글들이지요. 하잘것없는 그 이야기들 가운데 대부분은 익살맞거나 풍자적인 성격을 띠고 있습니다. 순전히 머리로만 써 버린 글들이지요. 이런 작업은 평소 공허할 뿐인 시간들을 죽이고 싶을 때, 무색의 우중충한 시간을 흘려보내고 싶을 때 도움이 됩니다. 처음에는 돈을 벌고자 시작했으나, 나중에는 어떻든 간에 일을 하나 해내었다는 생각에 빠져들면서 습관처럼 이어 나갔습니다. 존경하는 릴케 선생님, 여쭙겠는데 이런 제가 잘못된 것인지요? 아니면 이런 습관을 하나의 방편으로 삼아 스스로에게 의무를 만들어 주고, 이 의무를 어디로 튈지 모르는 저의 삶을 둘러싼 울타리처럼 여겨도 좋을런지요? 아시겠지만 저는 이 문제에 대해 줄곧 고민해 왔습니다. 그리고 칼라일의 저서 『일하기 그리고 절망 않기』[56]를 손에 넣은 뒤로는 이런 저의 생각이 거의 틀리지 않았다고 믿었습니다. 그러나 어떠한 발상이든 광대한 풍경에 견주어 볼 수 밖에 없는 곳에 머물다 보니, 제가 무언가 잘못된 일을 저지르고 있지는 않는가 하는 두려움이 재차 엄습해 왔습니다. 강직하고 성실하게 만사에 임하려 한들, 그런 다짐은 저를 둘러싸고 있

---

56 스코틀랜드의 평론가이자 역사가 토머스
칼라일(1795~1881)의 저서를 엮은 선집으로, 독일어판은
1902년 마리아 퀸의 번역으로 출간되었다.

는 견고하고 드높은 자연에 부딪혀 산산조각이 나 버리는 듯
합니다. 어떤 날에는 매 시간 저의 귓속으로 이런 외침이 파고
들곤 합니다. "인간이여, 아무것도 아닌 너의 존재와 삶이지 않
는가! 네가 무엇을 이루어 내더라도 영원과 그 법칙을 거역할
수는 없을지어다! 설령 네가 존재하지 않는다 해도, 이 세상에,
이 우주에 대체 어떤 손실이 있단 말인가?" 이런 날이면 저는,
언제든 눈물이 터질 것만 같은 슬픔을 품고서 서성일 따름입
니다. 그럴 때면 고독이 저주와 같이 느껴집니다.

그리고 두 번째로, 저의 무지가 너무도 괴롭습니다. 반항
심 때문이었는지 학교에서는 거의 배우질 못했습니다. 다 컸
다고 건방을 떨었던 것 같기도 합니다. 다시 모든 것을 되돌리
고 싶지만, 어디서 시작해야 할지, 무엇을 기반으로 쌓아가야
할지 잘 모르겠습니다. 손에 넣고자 갈망했던 많은 것들이, 셀
수 없이 많은 것들이, 견고하다 못해 적대적인 태도로 제 앞에
놓여 있습니다. 그래서인지 시작을 결심하는 것조차 버겁습니
다. 오래전부터 혈액 속에 녹아든 병적인 피로 탓에, 행동으로
옮겨야 할 상황에서도 하염없이 우물쭈물 망설이고 맙니다.
그런 망설임에 한참 시간을 허비한 뒤에는 누구도 알지 못할
싸움을 시작하며 스스로를 갉아먹을 뿐이니, 이렇게 살아서는
어떠한 결실도 얻을 리 만무할 듯합니다.

그러나 저를 가장 힘들게 하는 것은 따로 있는데, 바로 저
의 전부였으며 지금까지도 그러한 어떤 여인에 대한 생각입니

다.[57] 그 사랑은 저를 밤낮으로 괴롭히고 있으며, 제 뒤에서 불의의 습격을 가하고, 채찍을 휘둘러 불안에서 불안으로 몰아세웁니다. 온 힘을 다해 저항해 본들, 그런 공격에서 저를 지키기란 요원합니다. 사랑이 제 꿈에 침을 뱉고, 꽉 끼는 옷처럼 저를 죄어 옵니다. 그것은 밤마다 관자놀이까지 치고 올라와 모든 것을 핏빛으로 물들입니다. 그러면 저는 어찌해야 할지 모르는 채, 그저 어둠 속으로 달려들어, 개들을 데리고 산 전체를 울리는 폭풍우 속을 허우적거리곤 합니다. 저는 이 사랑을 증오하다 못해 적으로 여기며 맞서 싸웁니다. 하지만 사랑은 언제나 다시금 저를 찾아와서는 제가 혼자 있는 것을 발견하고, 곧 탐욕스레 저의 몸과 마음을 지배합니다. 그 사랑에 관한 이야기는 평범하지는 않지만 너무나 진부하기는 마찬가지이기에, 막상 말씀드리자니 조금 고민이 됩니다. 사정은 이렇습니다. 빈에서 한 여자를 알게 되었는데, 오페라 가수 지망생이었습니다. 일 년 간 함께 살았습니다. 그러던 중 그녀는 콘

---

57 카푸스는 1921년에 쓴 어느 자전적인 글에서 다음과 같이
    회고한 바 있다 : 내게는 소위 나부랭이에게는 어울리지 않는
    것들이 있었다. 두 마리의 개, 타자기, 하나의 관계, 그리고
    몇몇의 죄악들. 이것들을 가슴에 품고서 사관학교 시험을 볼
    것인가, 아니면 한눈팔지 않고서 하던 일을 밀어붙일 것인가,
    선택하지 않으면 안 되었다. 가장 쉬운 선택지인 결혼도
    생각해 보았다. 하지만 나의 신부가 되었어야 할 여성은
    전전 애인과 사랑의 도피를 떠났고, 내게 남긴 것이라고는
    한 다발의 머리카락과 「로엔그린」의 악보 뿐이었다. (그녀는
    영락없는 엘자였다.)

스탄티노폴리스[58] 출신 사내와의 결혼을 강요받았습니다. 그녀는 그 압박을 피해 우선 제게로 도망쳐 왔으며, 그런 다음에는—다시 위협을 느꼈을 때에는—이탈리아로, 다시 이탈리아에서 발칸반도로 넘어가며 언제나 오페라 가수로 남아 있고자 고군분투했습니다. 결국 그녀는 뉴욕에 이르러서야 친척들의 핍박으로부터 자유로워질 수 있었습니다. 1년 전부터 그녀는 뉴욕의 무대에서 영어로 일하고 있으며, 또한 '절망하지 않고자' 일을 계속해 나가고 있습니다. 이런 이야기를 꺼내들어 죄송할 따름입니다만, 사랑에 맞서 싸우려는 저의 증오를 이해하기 위해서는 아셔야 하는 부분입니다. 제가 이 사랑에 맞서 싸우는 이유는, 다름 아니라 바로 이 사랑이 죄다 과거를 가리킬 뿐, 미래에 대한 어떠한 기대도 허락치 않기 때문입니다. 이런 제 상념들과 거기에 얽혀 있는 제 고독을 헤아려 주신다면, 어째서 이 모든 것이 돌개바람마냥 제 안에서 부풀어 오르고야 마는지, 또 그 사랑이 흔히들 말하는 불행한 사랑과는 얼마나 다른지를 아시게 될 테지요. 또한 제가 마주한 난관이 얼마나 위협적이고 끔찍한지도 알아 주시겠지요.

마지막으로 부탁드릴 게 있습니다. 존경해 마지않는 당신께서, 혹여 가능하시다면, 제가 천천히 읽어 나가기 좋을 프랑스 작가의 책을 한 권 알려 주실 수 있으실지요? 단순하고도

---

58 튀르키예 이스탄불의 옛 이름.

심오한 이야기를 담고 있으면서 언어적 관점에서도 도움을 주는 책이 있을런지요? 익숙한 언어가 아닌 만큼 원문으로 한 장 한 장 뜯어 가며 읽고자 합니다.

아울러 바라옵건대, 부디 지금까지 보내 주신 모든 호의에 대한 저의 감사를 다시금 받아 주셨으면 합니다. 또한 이번 편지에서 이런저런 일로 너무도 수다스러웠던 점 용서 바랍니다. 제가 지금 살아가고 있는 이 막막한 고독 속에서는, 바깥에서의 일상과 타인의 소음 때문에 흔적도 없이 사라지곤 하던 것들조차 저마다의 의의와 무게를 지니게 되더군요.

선생의 말씀을 언제나 가까이 두겠습니다.

당신께
감사와 공경의 마음을 담아
카푸스 드림

하나의 노래가 있네.

하나의 노래가 있네, 결코 들어 본 적 없는,
그럼에도 그 노래 귓가에 맴돌아……
살살 달래는 손길로 나를 잠재웠고
그러면 나 그만 넋을 잃었네.

나의 가장 깊고 고요한 고독으로부터
풍요의 소리 은백색으로 솟아오르고
그리움 모두 노래에 깃들었네,
모든 슬픔이 그러하듯이……

아해여! 네 그리움 또한 떠나가
멀리, 아침 숨결 고인 곳에서,
적요로운 섬 꿈에 잠기니…… 들리는가,
그 백색의 노래가?

내 핏속에는.

내 핏속에는 무언가 위대함이 담겨 있으나
그 백성은 있어도 아직 왕은 도래 않았으며,
무언가 희미한 백색이 반짝거리나
그 대리석의 도시 아직 완성되지 않았음이다.

그리고 나의 꿈은 아름다운 여인네들과 같아
마음으로는 바다와 같은 그리움을 간직하며,
그 두 눈으로 나를 파아란 동화마냥 바라보고,
그 두 손에는 황금의 팔찌가 드리워져 있음이라.

그리고 내가 행하는 그 모든 몸짓은 단 하나
반짝기리는 열정으로 가득한 축복만을 기다리니,
정원 위를 표표히 떠도는 봄날과도 같음이어라,
제 품 안에 모든 힘이 깃들어 있음을 알지어라—

아란카.

당신이 소리 없는 발걸음으로
벨벳 카펫 위를 걸어갈 때에는,
어떤 기억 하나 잔잔히 올라와,
당신의 고해성사처럼 떨리옵니다.

그때 당신 두 눈에 담긴 불빛에는
불멸의 시간이 깃들어 있습니다.
당신 두 손이 떨며 고백합니다
당신 삶이 녹아 든 그리움입니다.

옛날 어느 한 여름날이 있어,
'실현'이란 이름으로 불리웠나 봅니다,
당신의 소망이 빚은 세계가 펼쳐졌었고
빛나는 당신의 낙원이 있었더랬지요.

그후 당신은 보다 젊은 행복에 다다를
시간도 길도 찾지 못하였지요……
미소를 머금고, 아련한 눈빛은 잠겨
언젠가, 너무도 행복한 시간을 꿈꿉니다.

- 이상 세 편의 시는 라이너 마리아 릴케에게 부친 편지에 동봉되었다.

- 이상 세 편의 시는 라이너 마리아 릴케에게 부친 편지에 동봉되었다.

레오파르디에게.

내 안에서 생각이 행동으로 무르익지 않는다면,
그리하여 어두운 수호령인 사상이 나와 함께
이 황량한 존재의 질곡을 깨부술 수 없다면
제 굳건한 손으로 운명을 이끌지 못한다면

레오파르디여, 그때에는 당신의 노래가
내 지친 영혼을 명부로 데려가 주기를.
그리하여 내 심장에 다시금 떨려 들기를,
진지하고 어둔 당신의 비애 울려 퍼지기를.

그러면 부드럽고 장엄한 온화함을 동반하고서
당신의 영혼과 신성과도 같이 내게 당도할 터,
그러면 나 당신의 말씀으로, 당신의 형상 앞에서
아프게 태어난 사람의 슬픔 나직이 읊으리라!

삼라만상 가운데 연약한 내 인생 무엇인가?
창백한 그림자요, 어렴풋한 환상에 불과하리라!
일순의 쾌락이 내게 준 인생이어라,
일순의 쾌락이 내게서 뺏을 인생이어라!

변경에서의 새해 전야

프란츠 크사버 카푸스

아침부터 저녁까지 우중충한 날이었다. 해 없이 하루가 찾아왔고, 해 없이 하루를 끝마쳤다. 주변 모두 창백한 무채색으로 물든, 불안한 시간이었다. 칙칙한 어스름이 바위에 맺혀 있었다. 희끄무레한 구름은 뻣뻣이 일그러진 채 성벽에 매달리거나 산봉우리를 둘러쌌고, 때로는 안개로 만든 베개마냥 엉클어진 채 협곡에 똬리를 틀었다. 비의 애절한 웅얼거림과 빗방울의 무수한 흥얼거림은 이런저런 음색을 자아냈지만, 정작 비는 자신을 고마워할 땅에도 비옥한 토양에도 스며들지 못한 채, 그저 돌에서 돌을 지나, 언제나 멀리 더 멀리, 그저 바다로 내달릴 뿐이었다. 아무런 변화의 기미도 보이지 않던 날씨는 밤이 되자 눈 깜박할 사이에 세찬 바람에 휩싸였고, 남쪽에서부터 노도와 포효가 울려 퍼졌다. 시로코가 온 것이었다. 제왕의 풍모를 드러낸 시로코는 목청을 높이던 비를 움켜쥐어 산비탈로 내동댕이쳤고, 딱딱한 바위에서는 사방팔방으로 폭포가 뿜어져 나오더니 요란한 소리를 내며 추락했다. 시로코는 무리 지은 짐승마냥 뒤엉킨 채 몽상에 잠겨 있던 구름을 내몰더니, 그들 한가운데로 천둥과 번개를 내던졌다. 그러고는 재빨리 참호벽으로 다가와 가장 가파른 길을 기어올랐고, 무시무시한 도약을 선보이며 단번에 반대편 후미진 곳으로 방향을 틀어 돌진했다.

이제 우리는 시로코와 함께 나아간다. 시로코는 우리의 등 뒤에 바짝 붙어 얼른 걸으라고 종용한다. 그러더니 우리를 앞지르며 귀에 대고 조롱 섞인 말을 속삭인다. 하지만 우리 발밑은 흔들리는 다리처럼 위험하다. 우리는 신중히, 한 걸음 한 걸음 천천히, 기어가듯 나아갈 수밖에 없다. 뾰족한 암석은 엉성하게 서로를 붙들고 있는데, 그 암석을 받치고 있던 한줌의 흙은 물에 쓸려 발 아래 협곡으로 떠내려갔다. 우리의 전방과 측면에는 오직 어둠뿐, 그것이 노리는 건 오직 먹잇감뿐이다.

위에서 초소를 지키는 전우들은 지금쯤 초조할 터였다. 일분 일 분 시간을 세어 가며, 수천 번도 더 넘게 비명을 내지르는 밤에 귀를 기울였으리라. 고함을 내질러 본들 돌아오는 대답이라고는 바람과 질풍뿐, 입에서 나오는 소리를 빼앗긴 그들은 무력한 어린아이처럼 비웃음을 당했으리라. 시간이 스쳐 지나가고, 초병들은 흠뻑 젖은 옷 속에서 형태를 잃은 덩어리마냥 뭉쳐, 조금이라도 폭풍을 견디려 하리라. 그리고 기다리리라…… 기다리리라…….

그러는 사이 우리는 점점 더 다가간다. 시로코는 우박과 축축한 눈송이로 우리 목에 채찍질을 가하고 긴 우비처럼 사지를 감싼다. 높이 오르면 오를수록 그것의 목소리도, 포효도, 위협도 더 깊고 더 강력하고 더 심각해진다. 사방팔방에서 다시금 반향이 일어나더니 보이지 않는 암석에 부딪혀 깨지고, 곧 몬테네그로 산맥 저 너머로 향하며 사그라진다. 그러는 동안에도 짤막하고 열띤 우리의 숨소리와 절그럭거리는 무기 소리가 귓가를 맴돈다.

드디어 정상에 도착한다. 어디선가 가느다란 빛의 원뿔이 우리 앞에 드리운 엄청난 어둠을 뚫고 들어오는데, 분명 교대해야 할 전우들임에 틀림없다. 몇 발자국 가지 않아 보초병 하나가 우리를 불러 자신들이 있음을 알린다. 튀어나온 거대한 암석 사이에 선 병사들은 벌거벗은 석회암 벽에 짓눌린 듯 아무런 말이 없다. 이제 막 사관학교를 졸업한 젊은 중위가 제등을 손에 들고서 조금 떨어진 곳으로 나를 이끈다. 그는 팔을 뻗어 응고된 어둠 속을 가리킨다. 낯설지 않은 어둠, 그 어둠 속에서 변경이 뻗어 나가고, 그 뒤로는 적들의 초소가 줄을 짓는다. 중위가 입을 열어 몇몇 사항을 간단히 전달한다. 오늘따라 이상하게 들리는 그의 목소리. 질풍을 뚫을 정도로 크게 소리치고, 굉음이 울리는 고독의 중심부에서 몇 시간이나 버텨 선 그는 진즉 녹초가 되었을 터다. 바람이 불 때마다 작은 제등은 죽어 가는 사람의 혼탁한 눈동자마냥 깜빡인다. 비좁게 타오르는 두 개의 불빛이 잠시 안면에 떠오른다. 그의 표정에는 어딘가 결연한 창백함이 깃들어 있다. 그저 빗물만이 마치 소년의 그것 같은 그의 하얀 두 뺨 위를 내달린다. 외투 소맷부리로 아무리 훔쳐 보아도, 빗물은 몇 번이고 다시 흘러내린다. 작별을 고하고자 손을 뻗으며 그가 가까이 다가온다. "좋은 한해 되시길……"이라 말하는데, 그 몇 마디의 울림 속에 담긴 무언가가 내 마음을 사로잡는다. "좋은 일 많으시길!"이라고 대답하며 힐끗 그의 얼굴을 바라본다. 하지만 어떠한 움직임도, 아니 근육의 미동조차 보이지 않는다. 하지만 그가 비와 함께 약간의 눈물을 흘려보냈음을, 나 역시 모르는 바 아니니…….

병사 무리가 비틀비틀 경사면을 내려간다. 멀리 어둠 속으로 머리를 내밀고 조심조심 발을 뻗어 가며 요동치는 지면 위에서 발디딜 곳을 더듬는다. 이제 그들은 시로코를 상대로, 툭하면 멈춰 서며, 묵묵히, 온 힘을 다해, 쏟아져 내리는 그것의 분노를 버텨 내야 하리라. 또한 외투로 자신들의 몸을 결박해야 하리라. 그러지 않으면 돛처럼 펼쳐진 외투가 그들 모두를 어둠 속으로, 모종의 심연 속으로 내몰 수도 있고, 어쩌면 다시 우리 쪽으로 되돌려 보낼 수도 있으니.

그리고 이제, 남은 것이라고는 오직, 오직 질풍 뿐이다. 질풍은 굉음을 멈추지 않으며 도무지 쉬는 법이 없다. 마치 거대한 야조(野鳥)마냥, 그것은 암석 사이에 지어 놓은 우리의 둥지를 향해 저 위에서부터 날아들더니 암벽 안쪽을 날름거리며 우리를 한쪽으로 밀어넣는데, 그곳은 정신나간 소용돌이 속이다. 그러다 산 위를 뛰넘는 번개로 인해 잠시나마 온 사방이 깊은 침잠으로부터 끌어 올려진다. 갑자기 회색 석판들은 창백한 이마를 환히 빛내고, 뒤엉킨 암반들은 힘차게 웃자란 등을 내보이며 밤을 뚫고 반짝인다.

새해가 임박한다……. 그리고 우리는 여기 질풍 속에 얼어붙은 채 서 있다. 인간과 문명, 물밀듯이 쇄도하는 도시들과 그 떠들썩한 흥망성쇠, 급박한 성장, 변화와 쇠락, 쾌락에의 열망과 환락에의 도취. 우리는 이제 이 모든 것들로부터 동떨어져,

멀리, 세상 바깥의 어딘가에 놓여 있다. 우리 주변에는 산과 불길한 구름과 뇌우뿐이다. 시간의 세찬 물결에 떠밀려 빛바랜 바위의 고독 속에 들어선 우리는, 포효하는 밤의 전율 속에 자리 잡은 우리는, 그렇게 그저 서 있을 따름이다. 거친 시간을 잊은 채, 존재의 나날을 채워 주곤 하는 뭇 사물과의 관계를 모두 끊은 채.

그리고 맞은편 저 너머에는 적이 있다. 우리와 마찬가지로 그 역시 시로코의 소리를, 산등성이를 따라 울부짖고 능선을 쓸어내리는 성난 괴물의 소리를 듣는다. 그 역시 우리와 마찬가지로 얼어 버린 물방울에 얼굴이 찔리고, 등 뒤를 타고 흐르는 차가운 물줄기를 느낀다. 적이지만 적이 아닌 적. 대중이 읽을 삽지 속 옷긴 소재가 되거나, 우스꽝스러운 가극에서 '화려한 의상을 걸친 사관' 역할을 맡기에 딱 좋은 적. 저런 게 우리의 적이라며 웃음을 터뜨리고 어깨를 들썩거리게 만드는 적. 언젠가 심각한 맞수가 될 거라는 생각은 꿈에도 하지 못한 사람들이 잡문가들의 기지라는 값싼 무기로 상대 중인 적. 술을 잔뜩 걸친 채 한자리에 둘러앉은 단골들이 "이제 전쟁에서 그 놈이 할 수 있는 게 뭐가 남았냐"며 헤아려 본 뒤, 놈과 달리 우리 군의 비축분은 마르지가 않는다며 만족하게 만드는 적. 우리에게 어떠한 해도 끼치지 못하는 적.

하지만 우리는, 적으로부터 몇 킬로미터 떨어지지 않은 곳에서 밤의 굉음을 들어 가며 경직된 자세로 경계를 서는 우리는, 그를 잘 알고 있을뿐더러 그가 얼마나 냉혹하고 가차없는 결정을 내리는지 수천 번도 더 지켜본 우리는…… 전혀 생각이 다르다. 그의 등 뒤에 늘어선 초병의 수가 수백이냐 수백만이냐, 지난 세기에 만든 대포와 기관총을 얼마나 가지고 있느냐, 그런 건 별로 중요치 않다. 그에게서 엿볼 수 있는 건 오직 우리의 몰락을 바라는 적의(敵意)뿐이라는 것, 그것이 중요하다. 진실은 이러하다. 여기 이쪽에 한줌의 우리 병사들이 있고, 맞은편에는 그가 서서 대치하고 있다. 적의 체계가 너무 시대착오적일 수도 있고, 적국의 작동 방식이 우스꽝스러워 보일 수도 있겠으나…… 그러나 여기, 비좁은 땅에서 승리의 확률은 반반이다. 우리의 연발 소총이 무시무시한 무기이긴 해도, 그러나 이곳, 음산한 소리가 울려 퍼지는 어둠의 한복판에서라면, 적의 구닥다리 단발 소총 역시 우리의 그것에 전혀 뒤지지 않는다. 우리의 총검이 머리카락만큼 얇게 벼려져 있다 한들, 몬테네그로인이 허리춤에 차고 다니는 반월도의 칼날이 우리의 그것보다 덜 위협적이지는 않다. 우리는 스라소니처럼 초소 경계를 게을리하지 않지만, 적들 역시 어둠 속을 주의 깊이 살피며, 어려서부터 굉음에 익숙해진 그들의 두 귀는 질풍 속에도 제 기능을 발휘한다. 우리가 용기와 전투욕으로 불타오른들, 적은 피를 갈망하고 전대미문의 잔혹함을 발휘할 생각에 이미 신이 나 있다. 우리는 우리에게 주어진 의무를, 숨이 다하는 그날까지 우리의 의무를 다하고자 하지만, 적은 살인을 저지른 뒤 시체까지 욕보일 기세다.

　시로코는 여전히 맹렬하다. 잠시 멎는가 싶다가도 다시 기승을 부리며 절망적인 기습과 광범위한 돌격을 퍼붓는다. 때로는 수백의 바늘 끝처럼 날카로운 단검을 쏟아붓고, 때로는 질식이라도 시키려는 양 푸드덕거리는 몸뚱어리로 우리를 감싸 짓누른다. 다만 아주 가끔, 시로코는 잠시 공격을 멈추고는 어딘가 외진 골짜기 속으로 몸을 웅크리기도 하고, 멀리 떨어진 암석에다 자기 가슴팍을 짓이기기도 하는데, 그럴 때 주위는 순간적으로 더욱 깊은 고요에 휩싸인다. 그러면 바다로부터 전해지는 격랑만이 울려 퍼지고, 그 소리는 점점 부풀어 오르고, 그러다 다시 미쳐 날뛰는 질풍에 이내 사그라든다. 다시 일어난 질풍은 두 배 더 강한 힘으로 벼랑을 때린 다음 깊은 곳과 곳 모두를 향해 달려든다.

　이런 날들이 몇 달째 이어지고 있다. 우리는 격일로 초소에 나가고, 우리만을 기다리던 전우들을 구원하고, 또 다음 전우들에게 구원받는다. 언제나 똑같은 모습이고 언제나 똑같은 무대여서, 설령 연출이 바뀐다 해도 아무것도 달라지지 않는다. 우리는 웃는 가을 햇살을 들이마셨고, 늦은 오후 광택을 드러낸 비단처럼 반짝이는 바다를 보았고, 보라에 맞서 싸웠으며, 오늘은 남쪽에서 불어 오는 시로코처럼 강렬한 북쪽 바람 트라몬타나에 팔다리가 갉아 먹히는 느낌을 받는다. 그리고 늘 수천 보 이내에서 적군과 대치하고 있다. 언제나 극도로 긴

장한 채, 언제나 만반의 태세를 갖추어, 자칫하면 달려들 기세로…… 그러면서 늘 그러듯 다시 환멸에 빠진다. 우리 신경은 오랜 기간 동안 단 하나의 감각에 소모되며 올이 풀려 버렸고, 이 무거운 의무를 벗어 던질 날을 아무 기약 없이 기다리다 너덜너덜해져 버렸다. 그렇게 이곳에서, 우리는 그 어떤 전쟁보다도, 그 어떤 평화보다도 불쾌한 상태를 살아가고 있다. 이곳에서, 우리는 매일 밤 매일 낮을 이런 식으로 버텨 선다. 총은 사격 준비를 마쳤고, 군도를 넣은 검집의 잠금 장치는 풀려 있다. 방아쇠에 집게손가락을 건 채 눈 앞의 적과 대치한다. 명령이 떨어지면 당장이라도 당길 기세로…… 그렇게 우리는 흘러오고 흘러가는 시간 속에서, 언제나, 고요하고도 끔찍한 전투를 벌이고 있다. 마치 독처럼 슬그머니 다가와 우리 몸을 망치는 전투. 온몸의 세포를 두들겨 자극시킬 뿐, 어떠한 훈장도 명예도 손짓 않는 전투.

유럽은 그 모습을 보며 미소 짓는다. 숙고해야 한다, 여러 가지를 고려해야 한다며 자기 몸을 숨긴 사람들은 세상 모든 일에 끼어들려 하는 거대 정치에 신뢰를 보낸다. 오늘이 아니면 내일 진행될 거라고, 언젠가는 결정이 내려질 거라고, 그들의 생각은 여유롭디 여유롭다. 그들은 느긋이 자리에 앉아 아침 커피를 즐기고, 현장의 경과를 보고하는 장광설에 귀를 기울이며 마치 싸구려 소설의 한 대목마냥 그것을 음미하고, 그러다 긴장이 풀린다 싶으면 하품을 쩍쩍 해 대며 다른 곳으로 주의를 돌릴 것이다. 그러는 사이 이곳 수백의 병사들은 각자의 방식으로 조국을 위해 피를 흘리고 있다. 이들의 용기는 총탄이 빗발치고 포연이 매캐한 전장을 누비는 자들에 못지않다. 아무도 알아 주지 않는, 절대의 고요 속에서 고통받고 피 흘리는 자들, 무명의 영웅들.

새해가 임박한다. 한밤이 지나가고 질풍은 여전히 치명상을 입은 늑대처럼 울부짖고 있다. 빗줄기는 공기를 가르는 창마냥 후드득 우리 위로 쏟아진다. 그럼에도 우리는 가만히 버텨 서서 이글이글 타오르는 두 눈으로 어둠을 응시한다. 이를 악물고 가슴 속에 치미는 감정을 억눌러 보지만, 질타 어린 의구심이 우리 몰래 고개를 든다: "대체 얼마나 더…… 얼마나 더 이래야 하는지……?"

어딘가 저 너머, 여기로부터 멀리 떨어진 곳에서, 사람들은 밝고 행복한 모습이다. 다시금 이 밤을 환호하며 잔 부딪히는 소리 울려 펴지리라. 저 너머 속세 어딘가에서는 지금 이 시간에도 수십만의 사람들이 웃고 떠들며 서로를 껴안으리라. 한 해를 넘기고 다음 한 해로 접어드는 일이 얼마나 어려운지 모르는 채로.

이상은 카푸스가 릴케에게 보낸 편지에 동봉된 신문 기사다. 프란츠 크사버 카푸스, 「변경에서의 새해 전야」, 단체르군 신문, 14권, 1호(1909년 1월 7일), pp. 11~12.

서신 교환

에리히 운글라우프

릴케는 평생에 걸쳐 신중한 작가였다. 그는 자신의 일기나 서신을 출판한 적이 없었다. 극히 초반에만 신문 및 잡지에 서간 형식의 기고문을 보냈을 뿐[59], 공개적으로 편지를 쓰거나[60] 앙케트에 답하고[61] 성명문에 서명을 하는 일[62]은 드물었다. 개인으로서의 삶을 완전히 감춘 그는 특정 시기를 제외하면 서점이나 강연 및 낭독회장에 모습을 드러내지 않았던 것으로 보인다. 그가 매체에 자신을 드러내는 건 경제적 곤란을 겪을 때

59 1897년 기고된 「뮌헨 통신 속편」에서 릴케는 뮌헨의
   미술이나 연극을 취급하며 도입부에서 독자에게 직접
   이야기를 건넨다.
60 릴케는 1898년에 「『모놀로그의 가치』에 관한 편지(루돌프
   슈타이너에게 보낸 공개 서한)」를 썼고, 1901년에는
   「막시밀리안 할텐에게 보낸 공개 서힌」을 썼다.
61 릴케가 1905년에 쓴 글 「종교 교육이란?」은 브레멘의 학교
   개혁 협회에서 진행한 앙케트에 대한 답이다. 이 앙케트는
   여러 직종의 사람의 의견을 모아, 학교에서 종교 교육을
   없애려는 목적에서 추진되었다. 앙케트 결과는 1908년에
   80명의 의견을 담은 책자로 출판되었다. 여기서 릴케 역시
   학교에서의 종교 교육은 그 이후의 삶에 좋지 않은 영향을
   준다고 말했다.
   1907년에 쓴 「유대인 문제 해결」은 유대인 의사이자
   활동가인 율리우스 모제스가 보낸 앙케트에 대한 답이다. 이
   글은 토마스 만과 막심 고리키를 비롯한 여러 저명인사에게
   보내졌으며, 이후 책으로 출판되었다. 이 글에서 릴케는
   민족이나 국가를 넘어 개인이 중심이 되어야 한다며
   추상적으로 대답했다.
62 1919년 5월, 릴케는 바이에른 평의회 공화국 진압 후 화해를
   촉구하는 성명에 서명했다. 하인리히 만, 토마스 만 등도 그
   서명에 참여했다.

뿐이었다. 심지어 그는 자신의 과거 작품조차도 매우 비판적
으로 보아 가급적 재쇄를 피했다. 그가 출판사의 바람에 따라
작품집 출판에 동의한 건 만년의 일이었다. 때문에 인간 릴케
의 모습은 시인의 모습 뒤에 거의 묻혀 있었다. 그 모습을 아는
건 소수의 지인뿐이었다. 심지어 시인으로서도 그는 자기 작
품을 설명하거나 시학을 집성하는 등 자신의 미학 전반을 보
여 주려 하지 않았으며, 글을 쓸 때에도 시를 쓰는 일에 대한
자신의 원칙이나 의도는 거의 담지 않았다. 때문에 그가 친구
들 혹은 거의 생면부지의 사람들에게 보낸 편지는 전설처럼
회자되곤 했다. 릴케는 편지라는 '제2의 작품' 속에 자신의 본
질을 담아 놓았던 것이다. 릴케는 편지에 담긴 자신의 본질이
편지를 받아 보는 당사자를 넘어 많은 이의 마음속으로 퍼져
나갈 것임을 알고 있었다.

수취인들은 대개 편지를 소중하게 보관했고, 그들 중 일
부는 그걸 책으로 내고 싶어 했다. 1929년 출간된 『젊은 시인
에게 보내는 편지』(이하 『편지』)도 그런 책 가운데 하나다. 릴
케는 이 책의 출판과 관련해 아무런 영향을 행사하지 않았고,
그가 쓴 자필 원고(편지)는 1953년 10월 20일에 경매에 부쳐
진 이래[63] 더는 공개된 바가 없다. 이 편지들의 원본은 그날 이
후로 사라졌고, 이제는 풍문으로만 남아 있다.

63 당시 1,850마르크에 낙찰되었다.

릴케가 세상을 떠난 이듬해인 1927년 부활절에 『릴케를 추억하며』라는 소책자가 출판되었다. 이 책자는 라이프치히 출판사의 사내 잡지 『인젤Insel-선船』의 한 회 분으로, 몇 달 전 작고한 릴케에게 바치는 헌사를 담고 있었다. 유명 저자(루돌프 카스너, 에두아르트 코로디, 클라우스 만, 앙드레 지드)들의 애도문 외에도 네 통의 편지가 소개되었는데, 이 편지들은 「젊은 시인에게 부치는 라이너 마리아 릴케의 편지로부터」라는 제목을 달고 있었다.[65] 그 편지의 수취인은 다른 저자들에 비할 바가 못 되었다. 그저 편지 말미에 조그맣게 "이 편지의 수취인은 오스트리아군 프란츠 크사버 카푸스 소위다."라고 쓰여 있을 뿐, 그에 관한 다른 정보는 기재되지 않았다. 오스트리아군은 이미 오래전에 해산한 데다가, 수취인이었던 프란츠 크사버 카푸스도 그 사이 직업을 바꾸었던 것이다. 여러 신문사(티미쇼아라, 베오그라드, 부다페스트, 빈)에서 기자 겸 편집자로 일했던 그는 오락 소설을 여럿 쓴 작가이기도 했다. 베를린 울

---

64 전후 경제 사정이 곤란해진 카푸스가 편지를 매각했다는
    설이 있고, 2차 대전 이후 생계가 어려워진 릴케의 딸을 위해
    카푸스가 편지를 팔아 주었다는 설도 있다.

65 여기 수록된 편지는 다음과 같다. 1903년 2월 17일 파리,
    1903년 4월 5일 비아레조, 1903년 12월 23일 로마, 1904년
    11월 4일 푸루보리.

슈타인 출판사에서 원고 심사를 담당한 적도 있었다. 이런 약력을 지닌 카푸스는 릴케의 문학 편력에서 유의미한 존재가 되지 못했으며, 카푸스와 릴케의 교류 역시 서신 교환으로만 한정되었다. 이후 오랫동안 그들 둘이 개인적으로 친분이 있었던 것 같지는 않다. 그러나 한 인터뷰에 따르면, 1907년 11월 8일, 카푸스는 빈의 헬러 서점에서 열린 릴케의 저녁 강연을 찾아갔고, 이후 시인과 그의 일행을 따라 식당으로 갔다고 한다. "식당에서 그는 릴케에게 명함을 건넸고, 시인은 곧바로 그가 앉은 식탁으로 와서 오랫동안 이야기를 나누었다."[66] 그러나 그들의 교류는 별다른 의견 충돌이 없었음에도 오래 지속되지 못했다. 카푸스가 여전히 시를 출간하려는 바람을 갖고 있었기 때문이다. 그는 간혹 릴케에게 시를 보내기도 했지만, 결정적인 찬사를 얻지는 못했다. 아마 이 젊은 시인은 내심 릴케를 통해 인젤 출판사에서 책을 내길 바랐던 듯하다. 빈에서의 만남이 있고 한 달도 지나지 않아, 카푸스는 시를 한데 묶어 라이프치히 출판사로 보냈다. 그 모음집에 카푸스는 '아직 발표되지 않은 시들의 견본으로, 이를 출간해 줄 출판사를 구합니다'[67]라고 적어 두었다(릴케와의 친분을 언급하지는 않

---

66 1955년 1월 2일자 신문 『벨트 일요판』에 게재된 기사
    「라이너 마리아 릴케와의 서신」인용.
67 1907년 12월 8일 카푸스가 인젤 출판사에 보낸 편지가 남아
    있다.

았다). 카푸스는 그로부터 1주일도 되지 않아 편집자인 아돌프 휘니히가 보낸 것으로 추정되는 형식적인 반려 편지를 받았다. 이런 일들이 그와 릴케의 연락을 뜸하게 만들었던 듯하다. 또한 당시 그는 극심한 군사 분쟁 지역인 남부 달마티아에 장교로 부임하게 되었는데, 그러면서 시인으로서의 삶에서 멀어졌을 수도 있다. 하지만 릴케는 그 후로도 오랫동안 카푸스를 염두에 두었다. 그가 1911~1914년 무렵에 사용하던 주소록에는 카푸스의 주소인 '빈, 타웁스투멘가세 8번지'가 여전히 남아 있었다. 1918년에 작성된 것으로 추정되는 릴케의 마지막 주소록에도 '카푸스, 프란츠 크사버'라는 이름은 적혀 있었으나, 주소란은 비어 있었다. 1926년 여름에 있었던 그들의 두 번째 만남은 우연히 일어난 듯하다. 릴케의 생애 마지막 해, 둘은 스위스의 온천지 라가츠에서 마주쳤다.[68] 하지만 시인이 이 만남에 대해 언급한 기록은 찾아볼 수 없다.

릴케와 카푸스가 주고받았던 편지가 어떤 경위로 『릴케를 추

---

68 이 정보는 안드레이 A. 릴린이 루마니아어판 『젊은 시인에게 보내는 편지』 후기에서 언급한 것이다. 그에 따르면 카푸스가 강연 중에 이 만남에 대해 말했었다고 한다. 릴린은 그 발언을 녹음했다고 했지만, 이후 그 녹음을 찾으려 했을 때는 행방을 알 수 없었다.

억하며』에 게재되었는지는 정확히 확인할 수 없다. 당시 편집자가 별도의 해설을 붙이지 않았고, 카푸스 또한 그에 대해 아무런 해명도 내놓지 않았기 때문이다. 큰 품을 들이지 않은 이 소책자는 독자들과 문학계 어느 쪽에서도 별다른 주목을 받지 못했다. 그러다 1928년 초, 신중한 학자 한 명이 이 텍스트가 지닌 의미에 주목했다: "작가 릴케의 서거 후, 그가 어느 오스트리아군 장교에게 보낸 몇 통의 편지가 세간에 공개되었다. 이 유의미한 문헌은, 수신인인 장교가 작가에게 평을 듣고자 보낸 습작 시에 대한 답장으로 시작되었다." 이 글의 개요에는 다음과 같은 문단이 담겨 있다.

내가 릴케를 계속해서 언급하는 이유는, 이 편지가, 내가 쓰려는 연구서를 향한 결정적인 비평처럼 작용하기 때문이다. 필연적인 글을 쓰기, 최초의 인간처럼 사물을 말하기, 일상을 빈곤하다 생각하지 말고 자신의 작업을 자연스런 소유물로 여기기, 외부의 판단에 휘둘리지 않기…… 이 얼마나 중요한 지침인가! 특히 시에 있어 이는 본질적이며 유일무이한 지침이라 하겠다.[69]

---

69 페르디난트 그레고리, 「서정시」, 『문학 애호가를 위한 월간지 문학』, 30호, p. 210.

그런데 이 편지들은 어떻게 별도의 단행본으로 출간될 수 있었을까? 릴케의 편지들이 게재된 여러 책의 편집 과정을 살펴보면 몇 가지 사실을 알 수 있다. 우선 소설 『말테의 수기』를 보충하는 자료집으로 1929년에 편찬되었던 릴케의 첫 번째 서한집에는 릴케가 카푸스에게 보낸 편지가 아예 들어가지 않았다. 그 책의 편집자는 서문에서 다음과 같은 수록 방침을 밝혔다: "우선 몇몇 서신들은 아예 독립적인 작품으로 후일 별도 출판할 예정이기에 수록하지 않았다." 이 편집자는 애초부터 카푸스가 릴케에게 받은 편지를 '아예 독립적인 작품'으로 간주하고 있었던 듯하다. 카푸스가 『편지』의 서문 마지막 줄에 서명한 시기는 1929년 6월로, 이는 첫 번째 릴케 서한집이 많은 이들의 기대 속에서 막 발행된 시기와 맞물리기 때문이다.

『편지』는 릴케보다 일곱 살 어린 사관후보생 카푸스로부터 비롯된 책이다. 그는 릴케의 어린 시절과 마찬가지로 군인의 길에 접어든 상태였으며, 역시 릴케와 마찬가지로 시인이 되고자 했다.

당시 릴케는 『시도집時禱集』(1899년부터1903년 사이에 써서 1905년에 출판), 『영상집』(1902년 7월 초판), 『신 시집』(1902년부터 1907년 사이에 써서 1907년 출판)을 내며 시인으로서 뚜렷한 행보를 이어 가던 중이었다. 조각가 오귀스트 로댕과의 만남(1902년 가을) 이후, 릴케는 확연히 다른 발전 단계 즉 '사물시'를 쓰는 단계로 접어들기 시작했다. 이 단계에 다다른 릴케가 쓰던 시들은 카푸스가 주목했던 젊은 시절 릴케의 시와 대척점에 놓여 있다. 오랜 세월에 걸쳐 경력을 쌓아 온 시인은 카푸스가 동봉한 시가 현재 자신이 지향하는 방향과는 다르다는 사실을 알아차렸을 것이다. 때문에 그는 답장에서 시 작법l'art poétique에 대해서는 구체적인 언급을 피했다. 하지만 그것을 대신해 시인으로서, 예술가로서 어떻게 존재할 것인가 하는 더 드넓고 근본적인 주제를 펼쳐 보였다.

카푸스가 릴케에게 보낸 편지들은 1929년 판본에는 포함되지 않았다. 따라서 독자들은 릴케의 회신을 통해 카푸스가 어떤 질문을 했을지 짐작하는 수밖에 없었다. 릴케는 첫 답장에서 자신이 무엇을 해 줄 수 있는지, 또 어떤 입장을 견지하고 있는지 간략히 설명한다.

보내 주신 시를 두고 왈가왈부할 수는 없겠는데, 왜냐하면 저는 그 대상이 무엇이건 간에 비판적 견해와 거리를 두고 있기 때문입니다. 예술 작품을 대하는 데 있어 비판하는 말만큼 부적절한 것은 존재하지 않습니다. 비판으로부터는 언제나 다소 자기 좋을 대로의 오해가 도출될 뿐입니다.

편지 속 릴케는 '시'나 '문학'이라는 용어를 피하고 하위 개념인 '운문'을 사용한다. 또한 상위 범주인 '예술-작품Kunst-Werk' 이라는 단어를 선택하기도 하는데[70], 이는 좀처럼 만나기 어려운 형태의 표현이다. 당시 릴케는 극히 통상적인 복합어를 각각 강조하기 위해 독일어에서는 아직 낯설었던 연자 부호로 단어를 잇곤 했다. (예: 『마리아의-생애』, 『시도-집』). 이는 자신이 단어를 다루는 방식이 관습에서 벗어나 있음을 강조하기 위한 수단이었다. 릴케 스스로 고안한 '예술-작품'이라는 표기는, 일반적으로 비평에서 사용되는 '예술 작품'과는 다른 것을 주장한다. '예술-작품'을 추구하는 작가는 기존의 '예술 작품'이라는 개념을 숭고와 신비의 영역으로 끌어올리며, 심지어 그 작품을 창조한 작가의 생애와도 분리시킴으로써 작품 자체에 영원하고 고전적이며 시대를 초월한 가치를 부여하려 한다. 그 외의 예술품들, 가령 일상의 상업 문학이라던지 절찬리에 판매되는 오락 소설 및 대중 시는 여기에서 논할 대상이 아니었다. 이러한 내용을 담은 첫 편지[72]는 이 서신 교환 전체를 아우르는 릴케의 서문이라 볼 수 있다. 여기에서 릴케는 작가로서 성공하기 위한 실용적인 조언을 하지 않고, 되레 수많은 조약을 정하고 이를 세상에 알린다. 그리고 그 조약을 지켰을 때

70 (역자 주) 이번 한국어 번역본에서는 원서와 달리 '시'나
    '운문' 혹은 연자 부호의 사용 등을 엄격하게 구분하지
    않았다.

시가 '예술-작품'이 되리라고 확신한다.

이렇듯 '예술-작품'을 지향하게 될 경우, 문학적인 삶에 진입하는 통상적인 방식들은 원천적으로 거부되기 마련이다. 다른 작가와 비교하고, 잡지 편집부에 일찍부터 연락하려 들고, 출판사에 투고를 한다든지 비평을 업으로 삼는 자들의 조언을 구하는 것은, 한 명의 시인이 '예술-작품'을 창조하기 위해 가야 할 길이 아니다. 이에 대해 릴케는 상대에게 다음과 같이 매우 단호하게 설명한다.

당신은 바깥을 바라보고 있는데, 이는 무엇보다도 지금 해서는 안 될 일이겠습니다. 누구도 당신께 조언하거나 도울 수는 없습니다, 누구도요. 단 하나의 방법이 있을 따름입니다. 자기 자신 속으로 들어가십시오. 당신께 쓰기를 종용하는 마음의 기저를 캐 보십시오. 그 기저가 심장 깊숙이 뿌리를 뻗치는지 확인하시고, 글쓰기가 금지당할 경우 죽을 수밖에 없는지 스스로에게 고해 보십시오.

여기서 릴케는 예술가로 존재하기 위한 핵심적인 조건을 내보이면서 시인으로서의 '사명'이라는 근본적 질문을 던진다. 즉

71 이 첫 편지는 독일어와 프랑스어 초판본에는 포함되지 않았다. 따라서 당시에는 릴케가 전하고자 했던 바가 과소평과 되었을 가능성이 크다.

전통적으로 인정받는 논거들은 여기에서 아무런 효력도 없다. 릴케가 이후에 다시 강조하듯, 시 창작은 수작업마냥 배워 익힐 수 있는 것이 아니다. 또한 시인은 poeta doctus[72]와는 다른 길을 가는 사람이다. 릴케는 고전 속의 시인들 즉 뮤즈나 아폴론에 의해 시인의 지위를 획득한 자들에게 주어지는 소명의식에 기대지 않으며, 그들이 얻은 영예를 시인에게 주어진 목표라 여기지도 않는다. 교훈적인 의도나 도덕적인 동기 역시 언급되지 않는다. 릴케에 따르면 기독교나 계몽주의, 정치 또는 이념과 연관된 의도 또한 예술 작품의 창작과는 아무런 연관이 없는 요소들이다. 다른 작가나 시인과의 교류 역시 창작에는 아무런 도움이 되지 못한다. 릴케는 글쓰기의 정당성을 오직 개인에게, 더는 피할 수 없는 순간에 이론 개별자에게 부과한다. 때문에 시를 쓰기 위한 결의는 곧 마음의 결심이요, 자기 마음을 성실하게 고백하는 작업이 된다. 이를 통해 시인은 어떠한 생활 방편과도 분리된 것, 다시 말해 유일무이한 존재 양식으로서의 시를 쓰기를 바라게 된다. 창작의 정당성은 오로지 자기 자신에 의해서만 획득되는 것이다. 그러나 릴케에게 있어 '사명'이란 그저 의지에서 비롯한 행위를 넘어선 것이다. 릴케에게 사명이란 일종의 깨달음, 다시 말해 자신에게 주어

72 여러 학문 영역에 폭넓은 지식을 갖추고 있는 학구적인
    시인을 말한다.

진 독자적 사명을 깨닫는 것이다. 그가 자신에게 조언을 구하던 젊은 시인 카푸스에게 일관적인 입장을 견지하는 것도 여기에서 비롯된다: "그러하기에 존경하는 선생께 제가 드릴 조언이라고는 오직 하나뿐입니다. 자기 자신 속으로 들어가 제 생명의 시원이 되는 깊이를 탐구하시기 바랍니다. 그렇게 근원에 다가간다면, 당신은 창작을 해야만 하는가라는 질문에 대한 답을 찾을 겁니다."

여러 편지를 통해 젊은 시인에게 전하는 릴케의 당부들은 미학적 전통에 철저히 등을 돌린다. 보통 모범으로 여겨질 만한 대개의 문학 또한 극도로 회의적인 대상일 뿐이다. 덴마크 시인 옌스 페테르 야콥센이나 에드거 앨런 포의 작품, 그 외에는 성경 정도만이 영감을 북돋는 작품으로 거론된다(조각가 오귀스트 로댕은 예술가적 소실점으로 위치한다). 릴케는 고전 형식의 서정시나 연애시를 쓰는 일, 일반적인 소재를 글감으로 삼는 일, 미학적-비평적 글을 읽는 일은 삼가라고 경고한다. 대신 그는 '내면으로의 전환'이라는 대안책을 꾀한다. 그 대안책 속에서는 시인의 내면 세계 및 주변 환경이 중심을 이루며, 그 곁에는 개인적 경험이나 독자적인 생각 및 감정, 꿈과 기억, 그리고 무엇보다도 시 창작의 풍부한 자양분이 되어 줄 유년이

함께 자리한다. 결국 시의 좋고 나쁨을 좌우하는 것은 완벽한 기교가 아니라 그 안에 담긴 내적 필연성이며, 이 필연성은 시인이 제 아무리 빈곤한 환경에 처하더라도 스스로에게 진솔하기를 요구한다.

또한 릴케는 창작에 긍정적인 영향을 끼칠 요인으로 고독, 서두르지 않기, 인내를 배우기, 실존적 문제를 의식한 삶을 살기를 언급하는데, 이는 졸속히 최종 답안을 찾으려는 태도와 상반된다. 그에 비해 종교와 기독교 정신, 문학에서의 성애와 정열(리하르트 데멜) 등 개별적인 주제는 상대적이거나 지엽적인 방식으로만 다루어질 뿐이다. 따라서 릴케가 카푸스에게 보낸 편지는 카푸스라는 개인이 처한 갈등에 대한 조언이라기보다는, 진지한 야심을 품은 개인이 창외적인 예술 활동을 벌이려 할 때 어떤 삶을 살아야 하는지 알려 주는 작업에 가깝다. 편지 속에서 릴케 스스로 하나의 모범을 선보이는 것이다.

첫 번째 편지에서부터 릴케는 카푸스에게 "하지만 이렇게 당신 속으로, 당신의 고독 속으로 침잠한 뒤에도 시인이 되기를 단념해야 하는 경우가 생길지도 모릅니다."라며 다른 대안이 있음을 명시한다. 또한 앞으로의 삶에서 어떤 길을 선택해야 할지는 전적으로 본인의 몫임을 알려 준다.

하지만 카푸스의 이력을 살펴보면 이와 관련해 결정을 내리는 일이 쉽지 않았음을 알 수 있다. 그의 장교 경력은 몇 번의 부침을 겪긴 했지만, 오스트리아-헝가리군에서 여러 직무를 수행하며 소위에서부터 중위로(1909년), 그리고 마침내 대위로(1914년) 승진하기에 이르렀다. 1908년에서 1909년까지 그는 달마티아/몬테네그로 국경에 주둔했다. 1916년 10월, 카푸스는 빈에 있는 슈티프트 병사 군사 정보국에 배속받았는데, 공교롭게도 그해 상반기 릴케는 같은 지역 군사 문헌과에서 병역을 마쳤다. 카푸스는 1918년 2월에 퇴역했다. 1차 대전이 끝난 뒤 카푸스는 베오그라드, 빈, 티미쇼아라, 베를린에서 편집자로 일했으며, 베를린의 울슈타인 출판사에서는 작가로 입지를 다졌다.

릴케가 시인으로서 입장을 분명히 할 수 있었던 원천이 무엇인지는 쉽게 알 수 있다. 바로 자신이 시인이라는 의식 자체다. 이러한 의식은 이미 초기 프라하 시절부터 그의 작품과 태도 양면에서 잘 드러나 있다. 이러한 기질 (그리고 어머니 피아가 아들 릴케에게 보낸 전적인 신뢰) 덕에 그는 외적인 성공과는 무관히 안정을 꾀할 수 있었다. 그가 여러 대학에서 시도했던 공부는 사실상 실패로 그쳤으나, 이는 오히려 그럴듯한 학위나 학식이 시인으로서의 그의 삶에 아무런 영향도 끼치지 못함을 보여 준다. 릴케에게 교육 제도란 언론과 마찬가지로 창작에 아무런 도움도 주지 못하는 세계였다.

따라서 릴케는 외부의 인도를 따르는 시학 즉 형식적이고 학자연한 시학과 결별한다. 이후 그가 추구하는 새로운 방식의 시학이 어디서 출발하는지는 어렵지 않게 확인할 수 있다. 여러 편지에서 릴케는 차라투스트라마냥 권위적인 태도로 이상을 설파하는데, 이는 분명 니체의 철학에 기반하고 있다. 니체의 후기 저작『이 사람을 보라』(1989)의 부제 '어찌 존재하는 바대로 될 수 있는가Wie man wird, was man ist'는 핀달로스의 격언 '너의 존재대로 되어라Werde der, der du bist'[73]와 이어진다. 즉 자기 자신을 추구하는 것은 삶의 형성하는 데 있어 하나의 사명이다. 따라서 니체는 더 이상 위대한 외적 가치나 동기('거짓말')가 아닌, 개별 환경에 속한 디테일들을 추구하게 된다. 릴케는 니체의 이런 문화비판적인 태도를 철학적 영역에서 예술과 시학의 영역으로 옮겨 놓는다. 릴케에게 '나'라는 (시인의) 자아는 저 스스로를 규정하는 경험을 해야만 하는 존재인 것이다.

이렇듯 릴케의 시학은 자기 성찰을 요구한다. 그는 창작자가 자기 자신에게 미진한 점 없이 필연적인 것을 만들었을 때에야 독자적인 예술 창작이 이루어질 수 있다고 말한다. 이

---

73 핀달로스의 퓌티아 송시 2번에 나오는 구절로, 원문 γένοι' οἶος ἐσσὶ μαθών을 직역하면 '네가 누군지 배워 그 사람이 되어라'다.

를 위해 그는 니체의 또 다른 사상 중 하나인 amor fati(운명애)를 받아들인다. 특히 니체의 『즐거운 학문』(1882/1887)이 말하는 '운명을 사랑함'이란 '삶에 대한 지고한 긍정'이라는 디오니소스적 현존을 달성하기 위한 철학적 기도(企圖)라 할 수 있다. 릴케는 이러한 기도를 시학 영역으로 가져온다. 그는 젊은 시인이 자기 사명을 확신한 뒤 그 기준에 따라 삶을 파악하고 이끌어 가기를 당부하는데, 이는 다음과 같은 니체의 기도와 유사하다: "나는 계속해서 더 많이 배우고, 사물의 필연성을 아름다움으로 여기고자 한다. 그럼으로써 나는 사물을 아름답게 만드는 이들 중 하나로 존재하리니."[74] 결국, 시를 창작할 때 어떠한 소재와 주제와 동기를 선택하느냐는 부수적인 문제다. 어떤 문학 형식을 선택하느냐 하는 고민 역시 마찬가지다. 창작의 목적은 오직 그것을 '예술-작품'으로 변모시키는 데 있다.

릴케가 카푸스에게 보낸 편지에서 시 창작에 관해 자주 반복하는 요소가 또 있는데, 그건 바로 삶의 조건이자 창작 조건으로서의 '고독'이다. 1901년, 카푸스보다 먼저 그와 비슷한 상황에 놓였던 시인 엠마누엘 폰 보트만은 릴케에게 도움을 구한 뒤 다음과 같은 지침을 얻었다.

그러므로 선택이나 거절의 기준이 분명해야 합니다. 타인의

---

74 『즐거운 학문』, 276번 단상.

고독을 지켜볼 수 있는지, 또한 마찬가지로 자기 심연의 문턱에 상대를 세워 둘 준비가 되었는지 자문하십시오. 오직 그게 가능할 때에만, 상대는 성대한 복장을 하고서 거대한 어둠으로부터 걸어 나오는 존재를 통해 당신의 심연을 알게 될 것입니다. 이것이 저의 생각이며, 저의 원칙입니다.

(1901년 8월 17일자 편지)

이렇듯 고독은 '예술-작품'을 창조하기 위한 조건이었고, 릴케의 시학에서 가장 본질적인 요소가 되었다.

『편지』는 1929년에 인젤 출판사에서 그의 최초 작품집 및 서한집과 거의 같은 시기에 출간되었다. 그만큼 『편지』는 릴케의 저작 중에서 각별한 위상을 지니고 있었던 것이다. 특히 『편지』는 당시 독일에서 대중적 인기를 누리던 인젤 총서 406번으로 소개되면서 많은 사람들의 주목을 받았다.

이후로도 이 책은 꾸준히 전세계 독자에게 널리 알려졌다. 앞서 언급한 인젤 총서 1450번 책이 『편지』의 영어 번역본일 정도였다. 특히 문학계와 예술계에서 이 책은 필독 도서로 여겨졌다. 릴케의 『편지』와 이를 간행한 카푸스는 문헌학적 비판의 대상이 되기도 하였으나, 그런 비판은 이 책이 작가들과 예술가들에게 미치는 영향력을 해치지 못했다. 시간이 갈수록 이 책의 파급력은 커져만 갔다. 오늘날 『편지』가 의미 있는 책이냐고 의문을 표하는 사람은 아무도 없다.

『편지』가 자신을 위해 쓰인 것 같다고 여긴 사람들은 무척 많았다. 자신의 업을 시작하려는 시인과 예술가들, 그리고 이미 창작에 종사 중인 대다수의 사람들은 물론이고, 가끔은 릴케가 누군지도 모르던 사람들마저도 그런 느낌을 받곤 했다. 특히 미국에서는 1945년 이후 『편지』를 받아들이는 정석과도 같은 방식이 수립된 듯하다. 뉴욕에서 스트라스버그 부부가 운영한 '액터스 스튜디오Actors Studio' 소속 배우들은 릴케의 『편지』를 정신적 지주로 삼았다. 이 연기 학원에서 전문적인 지도를 받던 마릴린 먼로, 데니스 호퍼, 제인 폰다, 더스틴 호프먼 같은 이들에게 길잡이가 되어 주었던 셈이다. 이곳에서 릴케를 접한 배우들은 이후에도 릴케의 영향을 받았다. 데니스 호퍼는 (2008년까지) '카푸스-서신' 읽기 프로그램을 진행하면서 다음과 같이 설명했다: "제게 『편지』는 창의의 신조이자 영감의 원천입니다. 릴케를 읽은 후, 저는 제게 다른 선택의 여지가 없음을 분명히 깨달았습니다. 저는 창작을 해야만 했습니다." 더스틴 호프먼은 어느 수상식(2003년)에서 다음

과 같이 말했다: "제게는 성경과도 같은 책입니다. 연기를 시작할 무렵, 누군가에게서 받았어요. 저는 그것을 몇 번이고 반복해서 다시 읽었습니다." 호프먼은 감독 입봉작인 〈퀴텟〉(2012) 속 배우의 입을 빌려 릴케의 말을 전하기도 했다: "예술 작품은 무한한 고독을 담고 있기에 비판의 말만큼 부적절한 것은 존재치 않는다." 심지어 〈시스터 액트 2〉(1993)와 같은 오락 영화에서도 쇼걸이 앞으로의 인생 행로를 정해야 하는 장면에서 그녀가 선물로 받은 『편지』가 등장했다. 한편, 팝 가수 레이디 가가는 2009년에 왼쪽 어깨에 이 책의 첫 번째 편지 속 한 대목[75]을 문신으로 새긴 다음, 자신은 릴케의 시가 아닌 그의 '고독의 철학'을 추종하는 사람이라고 말했다. 그녀는 이 타투의 마지막 문장인 "나는 써야만 하는가?"가 무엇보다 의미심장한 문구라고 여겼는데, 한번은 무대 공연 중에 노래를 멈추고 "나를 위한 글이야!"라고 말하면서 전체 구절을 직접 낭독하기도 했다. 이는 릴케의 텍스트가 레이디 가가의 '예술-작품' 안에서 성창을 위한 필수적 텍스트로 자리 잡은 지 오래임을 알려 주

75 (역자 주) 레이디 가가가 새긴 문신은 다음과 같은 독일어 원문이다 : prüfen Sie, ob er in der tiefsten Stelle Ihres Herzens seine Wurzeln ausstreckt, gestehen Sie sich ein, ob Sie sterben müßten, wenn es Ihnen versagt würde zu schreiben. muß ich schreiben?(그 기저가 심장 깊숙이 뿌리를 뻗치는지 확인하시고, 글쓰기가 금지 당할 경우 죽을 수 밖에 없는지 스스로에게 고해 보십시오. (…) 나는 써야만 **하는가?**)

는 사례다. '글을 써야만 한다'는 표현은 모든 창의적 예술 창작에 대한 은유가 되었고, 이는 어느새 전통적으로 각 예술 분야를 규정하는 경계와 규범을 초월할 지경에 이르렀다. 규범과 규칙 및 기준이 자리하던 곳에 '필연'이 들어선 것이다. 때문에 최근 이 책의 영문판 번역자가 책 표지에 써 놓은 다음 글귀는 틀리지 않다 할 수 있겠다.

이 서한집은 이제 문학을 매개로 한 전승 문화가 되었으며, 처음 쓰였을 때와 마찬가지로 오늘날에도 심오한 통찰을 담고 있다.[76]

바이올린 연주자 안네 소피 무터는 보다 신중한 태도로 릴케의 개념을 다룬다. 그녀는 매일 저녁 잠자리에 들기 전에 자신이 쓰기 위해 사는지 살기 위해 쓰는지를 자문해야 한다며 『편지』의 한 대목을 언급한 다음 이렇게 말한다. "그 질문이 중요하지요. 음악은 악보를 예술적으로 완벽하게 연주하는 것 이상의 무엇입니다." 한편, 브라질 출신 무용수 마를루시아 도 아

76 『Rainer Maria Rilke: Sonnets to Orpheus with Letters to a Young Poet』, Manchester, 2000.

마랄은 "모든 예술가가 읽어야 할 작품입니다. 우리가 하고자 하는 일에 정말이지 엄청난 힘을 선사해 주거든요."라며 『편지』를 권했다.

이 서한집의 영향력은 다른 직업 분야까지 퍼져 나갔는데, 토목공학자이자 현대 컴퓨터의 발명가 콘라트 추제를 그 예로 들 수 있겠다. 그는 젊은 학생 시절이던 1929년에 릴케의 책을 사서 읽었다고 한다. 특히 그가 '너무도 많은 도움을 받았다'라고 말한 바 구절이 있는데, 다름 아닌 "누구도 당신께 조언하거나 도울 수는 없습니다, 누구도요."라는 대목이었다. 콘라트 추제는 회고록에서 "이 책이 하는 말은 창조적인 활동을 행하는 모든 사람들에게 적용될 수 있다"고 단언하기도 했는데, 1932년 1월 3일자 (미공개) 편지에서는 더욱 근본적인 말을 꺼냈다.

게다가 라이너 마리아 릴케에 심취하면서 예술을 대하는 저의 태도는 크게 바뀌었습니다. 작가가 『편지』와 다른 저작물에서 예술에 대해 말한 내용은, 예술에 관한 그 어떤 담론보다도 우뚝 서 있습니다. […] 릴케는 다른 누구보다도 진정한 예술가의 숙명을 잘 이해했습니다. 그는 오직 **공백**만이, 즉 작업하고, 심화하고, 발전시키는 과정에 대한 집중이 무엇보다 중요하다는 걸 알았던 사람입니다. 그저 작업하고 또 작업할 따름입니다.

추제는 이 원칙을 자신의 회화 및 기술 작업에 적용했다: "저는 작업할 때 완전한 독립을 이루어 누구의 영향도 받지 않습니다. 그리고 그것이야말로 올바른 길임을 잘 알고 있습니다." 이렇게 그가 선택했던 길은, 처음 그가 열망했던 현대 회화가 아니라 컴퓨터 기술 분야에서의 획기적인 발전으로 이어져, 오늘날 우리가 당연하게 여기는 생활의 일부가 되었다.

릴케의 『편지』는 순수한 문학 작품으로 받아들여지지는 않는다. 이 책의 독자가 릴케의 시를 잘 알지 못하는 경우도 있고, 설령 안다 해도 『편지』는 그의 본격 문학 작품들과 달리 보조적인 텍스트로 취급된다. 많은 독자는 이 책을 일부러 찾아서가 아니라 우연한 계기로, 특히 지인에게서 추천받거나 선물받아서 읽게 된다. 이때 책 속의 첫 번째 편지에 특별한 인상을 받게 되면, 그때부터 그 독자는 비의적 전승에 입문하는 듯한 인상을 강하게 받기 시작한다. 그들은 릴케와 카푸스가 자신에게 개별적으로 말을 걸고 있다는 생각에 빠지곤 한다. 이를 통해 그들은 자신이 처한 삶의 정황과 마주하게 되고, 릴케가 전하는 말에 마음이 움직이면서 자신의 소명을 선택할 용기를 얻는다. 이 소명은 외부의 권위나 이념에 의해서가 아니라, 자신의 마음에 질문을 던짐으로써 의식하게 되는 것이다.

『편지』 초판본에 실린 서문을 보면, 둘은 개인적 만남 없이 오직 서신으로만 수 년 간 관계를 유지했다. 이 서신 교환은 어떤 실질적인 접촉 없이, 또한 다른 누군가의 개입 없이 이루어졌고, 따라서 그들이 주고받은 메시지는 어떠한 외적 영향이나 방해를 받지 않았다는 인상을 준다. 릴케의 메시지는 순수한 상태 그대로 상대방에게 가닿는다. 결국 이 책을 접하는 모든 이가 창조적 생산을 시도하게 된다. 릴케라는 모범을 따르고imitatio, 그에 상응하는 엄격한 삶의 원칙을 세우며, 또 그로부터 발생한 '예술-작품'을 전파하게 되는 것이다.

이처럼 릴케 서한집에서 비롯한 효과는 '성장의 연쇄'로 뻗어나가지만, 이러한 효과를 느낄 수 있는 건 대개 아직 자신의 길을 확신하지 못하는 '젊은' 예술가들이었다. 이미 시인으로서 자신을 '발견'하고, 자신만의 시학을 발전시키고, 자신의 역량을 확인한 사람들은 이 서한집이 풍기는 매력으로부터 좀 더 쉬이 벗어날 수 있었다. 릴케와 개인적으로 친분이 있었던 오스트리아 극작가 아르투르 슈니츨러는 이 책의 초판을 일찌감치 손에 넣었고, 1930년 1월 14일자 일기에 다음과 같이 기록했다: "아름답다, 심오하다. 하지만 '어떠하든 간에' 시시콜콜 구제할 수 없을 정도로 어수선하다." 이미 유명세를 얻은 작가들에게 릴케의 조언은 그다지 인상적이지 못했던 것이다.

이 서한집을 둘러싸고 카푸스가 (신중히) 구축한 서사는, 실제 편지의 맥락이나 텍스트를 분석하는 것과는 별개로 자신만의 매력을 지닌다.

1929년 초판을 간행할 때, 카푸스는 릴케의 편지 10통만을 실었다. 이는 릴케의 메시지를 암묵적으로 전달하기 위함이었을 것이다. 때문에 사람들은 카푸스가 이 메시지와 거리가 먼 글, 특히 휘발하기 쉬운 내용을 담은 글을 덜어 냈으리라고 여겼다. 그러나 편지의 자필 원본이 경매될 때 기입된 정보는 또 다른 가능성을 말해 준다. 베를린의 미술상 게르트 로젠이 입수한 편지 원본은 1953년 10월에 경매에 부쳐졌다. 당시 경매 일람표는 지면 한 페이지를 통째로 할애해 릴케의 서명이 들어간 원고의 중요성을 피력하고 있는데, 특히 편지의 복사 이미지와 함께 경매에 나온 문헌 전체에 대한 자세한 정보가 실려 있다. 게재된 내용에 따르면 경매사는 이 편지들을 인젤 총서 406번과 대조했는데, "비교 결과, 편지는 토씨 하나 틀리지 않고 출판되었다. 다만 릴케의 체류 장소에 대한 세부 사항과 그리 중요하지 않은 내용의 추신이 다섯 대목 제외되었다." 그러나 릴케가 1904년 8월에 보낸 편지(이 책의 17번 편지)에는 심각한 개입이 이루어졌다. "젊은(!?) 카푸스는 13줄 정도의 분량을 인쇄에서 제외하기를 바랐다.[77] 릴케는 매우 섬세한 태도로 젊은 시절의 일탈을 고백한 카푸스에게 스스로에 대한 판단을 멈출 것을 요구한다."

이 내용은 카푸스가 쓴 편지에 대해서도 흥미를 불러일으킬 법했지만, 그가 쓴 편지에 관심이 쏠리지는 않았다. 위대한 시인 릴케의 말을 전달하고자 자신을 뒤로 물러 보낸 카푸스의 연출이 분명 효과를 발휘했을 것이다. 하지만 이러한 연출은 또 다른 풍문을 불러일으키기도 했다. 바로 카푸스가 릴케로부터 전달받은 소명을 완수하지 못했기에, 그가 위대한 시인에게 보낸 편지는 공개적으로 '살아갈' 수 없었을 것이라는 말이었다.

하지만 카푸스의 서신 가운데 11통의 편지와 동봉된 시, 그리고 신문 기고문은 릴케 아카이브에 보존되어 있었다. 그리고 그 서신들은 이 책을 통해 처음으로 공개된다. 카푸스가 릴케에게 보낸 첫 번째 편지가 누락되기는 했으나, 그 대신 (타자기로 적은) 편지 두 통이 추가되었다. 추가된 두 통의 편지는 둘의 관계가 이전보다 다소 소원해졌음을 분명히 보여 준다.

두 사람의 서신을 번갈아 가며 볼 경우, 카푸스가 처음 쓴 편지는 문학적인 삶을 사는 누군가와 연결되기 위한 의도로 쓰였음을 알 수 있다. 당시 카푸스는 작가에게 편지를 보내고,

77 동성애와 관련한 대목으로 추정된다.

잡지사와 출판사에 투고하고, 전문 비평가에게 조언을 요청하는 등의 방법을 통해 자신의 진로를 추구하고 있었다. 그는 다음과 같이 회고한다.

나는 문학적인 활동에 '근면 성실'했는데, 이는 한편으로는 내 재능이 문학 쪽으로 쏠렸기 때문이고, 또 한편으로는 상관들을 불쾌하게 만들기 위함이었다. 이리하여, 군대 생활을 담은 해학적 이야기와 누구도 선뜻 출판해 주지 않은 시들이 탄생했다. 『차이트』와 『무스케테』에 실리기도 해서…… 개인적으로는 너무나도 영예로웠으나, 그로 인해 소위로서의 직위가 위태로워지기도 했다.

한편, 사관학교라는 환경 속에서 생활하다 보니 시인으로서 크게 낙담하는 일도 발생했다. 이는 그가 쓴 「유명에 反하여」라는 단편 소설을 보면 알 수 있다. 이 소설에 등장하는 한 상관은 슈투트가르트에서 발행하는 잡지 『땅과 바다를 넘어』의 주소가 적힌 봉투를 발견하고는 '놀라움을 금치 못하는 척을 하며' 조소한다.

시랍시고 가당찮은 글을 계속 투고하고 싶다면 지금 말고 다른 시간에나 하세요. 이만했으면 그 어설픈 운율 맞추기에 어떠한 싹수도 보이지 않음을 알 때도 되지 않았는지, 이 삼류 시인 양반아.

카푸스가 릴케에게 보낸 첫 번째 편지에는 위와 같은 사건들
과 같은 고충들이 담겨 있었을 듯하다. 하지만 이후 카푸스의
편지는 어느새 개인적이고 사적이다 못해 친밀하기까지 한 어
조를 띠게 된다. 당시 그가 쓴 편지는 이해하기 쉬운 릴케의 답
장과 같은 수준의 문장력을 갖추지는 못했다. 이후 베를린에
서 잔뼈 굵은 문필가로 성장한 카푸스는 자기가 20년도 더 전
에 썼던 어설프고 치기 어린 편지를 출판하고 싶지 않았을 듯
하다. 물론 오늘날의 독자들은 오스트리아-헝가리 제국 남쪽
국경에서 근무하며 생에 대한 여러 의문을 품었던 젊은 장교
의 사적인 측면에 관심을 갖지는 않을 것이다. 다만 독자들은
서신을 주고받는 양측이 상호작용하는 모습을 보면서 '시인으
로 실존하기'에 관한 더 많은 정보를 얻기를 바라지 않을까 싶
다. 그런 관점에서 볼 때 카푸스의 편지가 담고 있는 질문들은
매우 구체적이며, 그에 대한 릴케의 대답은 매우 성찰적이라
할 수 있다. 이와 관련해서 한스 모카는 자신이 티미쇼아라에
서 겪었던 일화를 하나 전한다.

매주 목요일마다 카페에서 모임이 열렸는데, 그 중심에는 말
하기를 좋아하는 카푸스가 있었다. 한번은 그 모임에서 '문화
소비자'라고 불리던 유명한 여인이 카푸스에게 다음과 같이

물었다(…): "카푸스 씨, 어째서 릴케가 당신과 같이 유명하지도 않은 사람에게 답장을 했나요?"

"제 생각에, 당시 릴케는 시에 대한 자신의 생각을 누군가에게 꼭 전달해야 했던 시기였던 것 같습니다. 창작하는 사람에게는 때때로 만물의 종용을 받아 무언가를 발설하지 않으면 안 될 시기가 있습니다. 새의 노래나 봄의 민들레를 생각해 보세요."

모임에는 침묵이 찾아들었다. 카푸스는 자리에 앉아 정면을 응시했다. 오래, 아주 오랫동안. 그런 뒤 그는 조용히 입을 열었다. "릴케에게 그 편지를 쓴 사람은 자기가 쓴 편지보다는 자기가 받은 편지 때문에 유명해졌지요."

이처럼 그들 둘의 서신 교환은 한쪽으로 무게추가 기울어 있다고도 볼 수 있었지만, 그렇다고 릴케가 항상 주는 쪽은 아니었지 싶다. 릴케가 전통적이라 할 수 있는 카푸스의 시에 깊은 감명을 받지는 않았겠지만, 1909년 새해 전야에 관해 쓴 기사만큼은 사정이 다를지도 모른다. 자연에 대한 강렬한 묘사와 저자 자신의 정치적 입장을 가벼운 풍자 속에 섞어 넣은 이 글은 '기자' 카푸스의 문학적 재능을 입증하고 있다. 이 뛰어난 글은, 특히 겨울 달마티아의 석회암 지대에 몰아치는 질풍에 대한 그 묘사는, 어쩌면, 두이노의 첫 번째 비가의 태동을 알리는 서곡이 되었는지도 모른다.